缚纸飞行

敖运涛———

著

华龄出版社
HUALING PRESS

图书在版编目（ＣＩＰ）数据

缚纸飞行 / 敖运涛著. –– 北京：华龄出版社，
2022.9

ISBN 978-7-5169-2392-4

Ⅰ.①缚… Ⅱ.①敖… Ⅲ.①诗集–中国–当代
Ⅳ.①I227

中国版本图书馆 CIP 数据核字（2022）第 170198 号

责任编辑	李　健　彭　博		**责任印制**	李未圻	
责任校对	张春燕		**装帧设计**	书香力扬	

书　　名	缚纸飞行		作　　者	敖运涛	
出　　版 发　　行	华龄出版社 HUALING PRESS				
社　　址	北京市东城区安定门外大街甲 57 号		邮　　编	100011	
发　　行	（010）58122255		传　　真	（010）84049572	
承　　印	成都兴怡包装装潢有限公司				
版　　次	2022 年 9 月第 1 版		印　　次	2022 年 9 月第 1 次印刷	
规　　格	880mm×1230mm		开　　本	1/32	
印　　张	8		字　　数	150 千字	
书　　号	ISBN 978-7-5169-2392-4				
定　　价	58.00 元				

自　序

　　终于将自己摁于案前，却不出所料地发现，当面对自己的这一纸敞帚时，他依然无话可说。

　　是长时间远离诗歌场域，迷恋不思进取从而由心萌生的发虚和憷然，还是被浸透柴米油盐的生活之锤锻打，又屡遭冷水灌顶之后，短暂的缴械和噤若寒蝉，抑或是仅仅出于对亲生的文字说多说少都欠妥当的顾虑和小小私心？早在许多年前，他便在一章题为《当墨迹变成了铅字》的散文诗中安慰自己："命运让你重获生命，无论早产抑或畸变，我和你再无瓜葛。你仅仅属于你。在尘土漫飞的河流，你要努力成为一棵草，始终流动着绿色的血液。生于天地间，或挺拔如松，或焚身为土，你应该和风和天气握手言和。"时光啊，能安慰的往往根本不需要安慰，而那些无法安慰的，才需要一次又一次张开怀抱，并伸出温柔的手。

　　他始终无法释怀那些被文字点亮的混沌岁月。在某个秋雨蒙蒙的傍晚，或者是一个白雪皑皑的周末，同学们都回了家，偌大的校园安静下来，一个听惯了乡村方言的少年，在练习了一段时间蹩脚的普通话之后，觉得生命苦闷极了，他找到一家需要穿越几条繁华街市步行数十分钟才到的新华书店。在那里，那些闪闪发光、汩汩有声的文字陪伴他度过了两年多光阴。高考临近，他将用节省下来的生活费购买的文学书籍，一本本地抚摸，又一本本地装入纸箱，全部封存，并暗暗立下誓言：不胜高考，绝不开箱！

终于，一颗压抑已久的心在轻松自由的大学校园得以释放。当得知图书馆的报刊阅览室晚上九点才关门的时候，他更是欣喜若狂。他被那些灵动的、美妙的诗句深深吸引，开始大肆啃噬着这书架上很少被人光顾的诗歌刊物。新的一期看完了，就逐期翻阅往期，报刊看完了，就开始借阅诗歌选本和诗集，本校的诗歌类书籍读遍了，他又借高中同学的卡，到邻近的高校图书馆蹭书。他把令他激动不已的诗歌摘抄在笔记本上，并开始偷偷尝试着诗歌写作。随着誊写诗歌的数量慢慢减少，他的诗歌习作也渐渐登上报刊，堂而皇之地发表了；他也有幸获了几个奖，还参加了一些诗歌活动，结识了一些"臭味相投"的诗友。他无比珍惜那些因诗而绚丽的日子，他无比珍惜这些因诗而结下的缘分。

短短四年，他像和诗歌谈了一场漫长而刻骨的恋爱！

繁华落尽，他纠结再三，还是选择去了南方，一个靠海的城市。第一次近距离接触，他才发现，大海远没有想象中那么卓绝，也没有想象中那么神秘。他渐渐适应了海滨路上横扇过来的凛冽海风和弥漫在空气中的酸腐腥臭。诗歌，像一小片湛蓝，夜深人静的凌晨，抑或酩酊大醉后的深梦中，偶尔还是会被海鸥衔来……

后来，父亲安慰他：福人等福地。

2017年，他和等候了三年的女友谈贝终于牵手，来到了心慕已久的素有"天上人间"之称的杭州。他们在西湖之畔为彼此戴上爱的戒指。生活，在经历了几番波涛汹涌之后，展露出一方平静和温煦，阳光洒将下来，微波轻漾。在师长兄弟的鼓励和撺掇下，诗歌之盅，再一次从他干涸的身体探出头。陆陆续续，竟也攒下不少，只不过，和几年前的作品相比，诸多改变已悄然发生。

究竟是谁，在冥冥之中操控着一切？

他无比感恩那些因诗而结下的缘分！不然，这本集子也断不会这么快面世，他也不会按捺住内心的汹涌，去碰触那一片深藏在内心柔软的、敏感的、甜蜜的疼痛。

敖运涛　杭州·竹海水韵
2020 年 12 月 31 日

目　录

Contents

第四辑：灵魂发汗

❖ **第五辑：回声**

Part 01

第一辑

名器（2018—2020）

清晨，路过一片树林

我饮尽那片鸟鸣
仿佛饮尽那欢跳在树杈间的露珠
抖落的毛羽，以及那长长的坚硬的喙
仿佛有一百只这样的水鸟
操着不同的方言
裹挟着清晨温煦的阳光
栖息于我的体内，鸣叫
筑巢，捕捉漂浮在时光之上的小鱼
并在我剑走偏锋时，一次又一次
拍打起强壮的
翅膀

宿命

捉不住的词
是河豚——在河里闪着银子的光

是爱人眼角的那一滴眼泪
如此晶莹——你却无法用你粗大的手

将它
握住

是泥泞小路上的
脚印，片片如梅花。你却无法从深山

听到它的回音

是汹涌在字里行间的一浪浪
湛蓝……

捉不住的词，你的宿命

终其一生，你都注定要背负它的声旁

寻找——

它的形旁

名器

我有一把利剑
藏于体内，数年不用已斑斑
有时候，它是木讷少言的留守少年
独坐黄昏，看墙头的鸢尾
伸出饥饿的舌头
有时候，它是衣衫不整落魄不堪的流浪汉
在深夜酗酒，然后将空瓶狠狠摔向
长长的街巷
当然，在更多的时候，它就是一把利剑
悬挂在那里，口吐灼人的目光

竹篾簸箕上的花菇

比起那些从大棚甫一售出便被洗净下锅的
同类，它们显然幸运不少
这么好的机缘，一生中能碰见几次？
在阳春三月的清晨，阳光如一座寺庙夐然筑成
水泥院坝上一排排席地而坐的竹篾簸箕
是一个个圆形禅垫，上面坐着的便是一只只花菇
和煦的风吹着山间的松林，也吹着
这修行者，一生中能有几次这样的时刻？
打坐、参禅，回想过去的不堪，那温室，那木架
那不可一世的微醺……在不断审视反思中
逐渐清瘦：原来那么多曾经引以为傲的
不过是身外之物；原来除却一身皮囊，所剩已不多

乡村枕头

世界上任何一个地方都不能让我安然而眠

除了这里：在鄂西北一个名叫竹溪的县城

在竹溪一个名叫黄石头的乡村

世界上任何一个地方都不能提供，除了

在这里，我才拥有

这世上独一无二的枕头：一整片田野的蛙声和蛐蛐弹唱

填充的枕芯；皎洁的月光与油油的稻香编制的枕套

蜿蜒的河流流成的笔直的棱角……只有

只有在这里，我才拥有一颗恬静之心

身躺半壁山谷，手搭一片村落

酣然而睡，一睡

就是一个世纪。醒来，看见年轻的母亲在河边

汲水

惊蛰之诗

是谁手执闪电在金黄色的
天空中抽打我们？虚度了一季时光的
蚁族——那碌碌的劳动者用前螯
撬开老橡树尘封已久的秘密

太阳登上山顶，放声呐喊——

是谁，在我们的胸腔点燃响雷
让一望无垠的田野在青蛙的声带中重新
泛出油绿，那些热气腾腾的岁月啊
经过一个冬天的煎熬，又回到我们手中

以及，那不受欢迎的冰冷的蛇
盘在路边，吐出去年的信子
是谁手执闪电在金黄色的
天空中将我们问询？这万物复苏的时节！

一万匹骏马从体内呼啸而出——

一万匹骏马在汹涌的河流之上飞奔
蹄声回落，珍珠迸溅，将我们的肉体踩踏
又在黄昏时分，引颈回视；是谁
令我们几言放弃时，又心潮澎湃跃跃欲试？

夜晚，是一只巨大的老虎

夜晚，是一只巨大的老虎

每当我闭上双眼

它就凑了过来——钢丝般的

触须，辽阔的喘息声

有时还用它宽厚的小刀林立的舌头

舔舐我的面庞，一阵阵刺痛

当我睁大眼眸，它的身影像一个谜团

笼罩着我，只能感到它

厚实的鬃毛和汗腺发达的皮肤

夜晚，是一只巨大的老虎

每当我夜不能寐，它就驮着我

漫游在嶙峋的尘世

冬夜，听阶前滴水声

恍惚中，我们就置身这样的尘世
这样的尘世只有石屋一间，这样的石屋
只有青灯、古书、陈茶相伴
这样的尘世，没有门，也没有窗
我们在石凳上坐下，发呆，听雨滴一滴滴落下，像旧友
黑夜中赶来，深一脚，浅一脚
我们知道，也确信他终会赶到
但就是不知到底何时，我们听着，雨滴，一滴滴
落下——像酒，越酿越醇厚
又像醉汉，摇摇晃晃的身子，最终栽进了啊，那无涯

森林诉

一听到阶前的滴水之声、厨房里

锅碗瓢盆的叮当之声。那片森林就疯狂地落叶

一想到明天的公交路线、父母的病情

才买的那束玫瑰花、倒春寒的坏天气

那片森林又摇落了一片碧翠

时间是群狡黠的狐狸。给我以茂盛的大叶榕，顽强的

白杨，却又在须臾间换以松针、几簇灌木

北风也伺机送来了凛冽

是流水运来了石头

是石头教会我踮起脚尖，在一片萧瑟中

怀揣鲫鱼行走。生怕带来一阵风

那片森林，又凋落一大片

他们总是不辞而别

——纪念几个离世的诗人

他们总是不辞而别

仿佛生活在没有离别的世界

仿佛没有亲人也没有朋友

他们心血来潮，就可以即刻远行

不需要告别，不需要饯行

更不需要廉价的眼泪

仿佛，只要愿意，所有的事物都是亲人

都是朋友，包括花草，包括敌人

仿佛，只要愿意，就可以立马相见

仿佛一切都不曾离开

一切都以一种恒定而亘古的状态保存着

只要愿意，他们就可以清晰地打开

笑容，还是原来的笑容

哭泣，也还是原来的哭泣

——仿佛，仿佛不辞而别也是莫须有的

他们就是出一趟远门

一趟很远很远的门

那……那好吧。祝他们旅途愉快！

威胁

阳光如虎
清晨，从东边的山头蹿出来
直到正午时分，才跑到阳台外的樟树之上
不会再离我远一些，也不会离我更近
它总是准时地跃上
枝头，不管刮风还是下雨，它总是静静地蹲上
一会儿，抖擞抖擞浑身的金黄
剔剔齿缝间的碎肉
我一整天在家洗衣、做饭
看书，写横七竖八的字
它从不向我扑来，也从不对我咆哮
可纵然如此，我依然能感受到
它那如火的威胁，一浪又一浪地滚来
——每当我提起笔的时候

聚会

像放出去捕杀野物的猎犬
时隔多年，终于围坐在一起。斩获颇多者
春风得意，聚光灯打在他们
身上，侃侃奇谈；铩羽而归者
夹着尾巴，零星而坐，一杯杯喝酒
一根根抽烟；既没赚得盆满钵满
也非鹑衣鹄面者居大多数，他们细细品尝着
桌上的菜肴，像一只只面目慈善的黑头羊
一片温煦洋洋中，服务员是唯一的
在场者，不断添茶倒酒，并伺机在每一位入席者的脸上
刮下一道道褐色犁痕

记下他们的名字

……

由于工作原因，有一段时间

我几乎天天和肿瘤患者打交道

这些就是我工作本上所记下的一部分患者名字

他们中最大的已经八十九岁高龄了

最小的才十四岁，还有一位和我同龄

——肾癌，晚期

癌细胞已全身扩散，我见到他时

他已站不起来了，躺在床上

他婶婶见我第一句话就是："我们家族

弟兄五个，就这一根独苗呀……"

吕少卿，1981 年生，潮州三饶人，父母务农

弟弟精神病患者；她怀孕期间

就检查出纤维组织肉瘤，为了胎儿健康发育拒绝吃药

后病情加重，在手术台上捡回了条命

好在孩子保住了，接着是长达四年的手术化疗

化疗手术，昂贵的医疗费迫使她不得不每天跛着腿（化疗引

起的严重手足皮肤症）替人打短工，择菜，洗碗，扫地……

每天从不间断，大冬天更是如此
她老公不愿出医药费不要她了
她七十多岁的老父亲每天还在工地搬砖……
我最后一次见她的时候
她戴着一顶棕色毛线帽（毛发已全部脱落）
面目枯黄，老态尽显，对我说
小敖，为了我的孩子，我也要坚持下去……
……他们来自普通的家庭，像世界上
所有的家庭一样，本可以幸福地生活，无奈恶魔找到了他们
他们辗转于各个大城市各个医院
花掉了所有积蓄，甚至负债累累，然后回到家乡
像一棵棵才长出来的豆芽
怎么努力也找不到可汲取养分的土壤
像一只只飞累的鸟，终于返回了巢穴
我不敢与他们对视，我只得用接近流水的文字
将他们的名字小心翼翼地誊写在纸上
在纸上，他们的名字会不会也终究难逃失色的一天？
——像他们这样一群平凡如草芥的人！
——像他们这样一群命贱如土的人！
——像他们这样一群如我辈的人！

世事沧桑

我和父亲一前一后走在水井槽的一条田坎上
一条田坎像一条笔画写在黄石头村祖祖辈辈耕作的土地上
黄石头村是蒋家堰镇三十一个儿子之一，蒋家堰镇
是楚长城脚下的一位老农，偶尔也做做小本买卖
楚长城是出生于公元前的一位将军，如今转业，驻守
关垭子：那一条鄂陕交界的山川脊梁

我和父亲一前一后走在绵延起伏的山峦
皱褶深处，西北方是秦岭，西南方是
大巴山脉……随着视野不断
开阔，疆土不断扩大
我和父亲的身影
也越来越小
越来
越
小

是两只蚂蚁——
走在水井槽的一条田坎上：一只名叫敖景友，一只名叫敖运涛

一朵雪花可以飘多久

那些被我们赞颂过的雪花
最终会从我们手中
飞走，像一只只蹁跹的蝴蝶
围墙旁逗留，溪涧上空滑翔，然后
跌进荆棘，一点点融化，直到消失
直到有一天我们读到某一篇诗文
她们才一片片复活，从字里行间
迎面飞来……像久别重逢的老友
走过来，与我们亲切地问候
又像是一根炽热的接力棒，传递给我们
让我们在没有雪花的时候
也在尽情挥舞着洁白、爱与憎恨

断腿的角马

断腿的角马，孑然一身
在这广袤的草原上，楚楚哀鸣
是什么原因让它沦落至此？
是什么力量让它拖着残肢，依旧向前匍匐？

草原上。瑟瑟秋风荡平了去路
枯草之黄渲染着来路

一匹雄壮的角马，一匹曾经在大地上驰骋的角马
后腿断了一只，仿佛曾经的汤汤足音远去
就不再回来

一匹倔强的角马，一匹家族昌盛兄妹众多的角马
后腿断了，像一枚意义鲜活的词
从此，跌落成一截笔画——

在草原上。强撑着身体，眺望远方

在它日渐迷蒙的眼神中，是否也有过短暂的惶恐
或者长久的疑惑？

一匹断腿的角马，也许在它奔跑的时候
狮群就紧紧地盯住了它

在温岭，我要一间坐山望海的石屋

在温岭，我要一间坐山望海的
石屋。厚厚的墙壁，冬天咬住肆虐狂风
夏天送来阵阵清凉。每天清晨，推开

石门，就能看见一万匹阳光
在蔚蓝的大海上奔驰

出屋左拐，是三两文静的兰花女子在晨读
右侧，橘色鲤鱼睡在山神碧绿的

眼眸中。在温岭，每一片叶子都是一部古书
我有万卷，在山峰之间，摇曳着时光之亮

偶尔上山，随白鹤隐匿在云深之处
黄昏时分，身披金色大氅，从山麓的人间

凯旋。夜深人静，万物睡去
一盏青灯之下。狼毫挥洒，波浪汹涌
一头头饥饿的夜色之狼被远远挡在石屋之外

白云大餐

无论如何，还是飞起来了
机翼像两张巨大的翅膀，只几下扑腾
就耸入云霄。天空已经摆好了
餐桌。一望无垠的云朵
除了白，还是白
日月如侍者，乖乖地
站在两侧
餐桌之下山川、湖泊、江海
尽收眼底。人走、虎叫、兔奔
犹如动画。但它们谁也看不见我
我且在空中，饕餮白云
大快朵颐。从西安飞往北京
从长沙飞往乌鲁木齐
从景洪飞往昆明
每一次凌空飞翔，都是一次白云
大餐。每一次尝到的滋味却各不相同
最苦的白云，是从十堰到潮汕的
白云：我几乎吃一口吐一口

最欢畅的一次狼吞
是去年四月，我一口气从上海吃到了
阿姆斯特丹，又从阿姆斯特丹吃到了
毕尔巴鄂。真过瘾呀
大片大片的白云
十万公里的宴席
从未有过的满足感，时间都被我吃掉了整整
六个钟头

清晨的阳光疾驰在我的脸庞之上

清晨的阳光疾驰在我的脸庞之上

像一万匹骏马呼啸而过

没有泥土飞溅的肆虐　大地在一阵战栗之后

又像白桦林一般　昂首挺胸　傲然而立

青草撕裂　散发出来的汁液

大雨般将我冲淋　如此清香

我从地上升入云端　侧耳倾听

这一瞬即逝的欢腾之声

也许一生中只有这么一个清晨

一个清晨中　只有这么一刻　你仰面

迎接喷薄而出的阳光　仿佛扬鞭奋蹄的是你

在金黄色的　油一样的金黄色之上

山川苍茫

远山，像一头野猪被天空之虎锁住了
喉咙；天气愈加阴沉了，是一口玄色之棺扛在肩上
在敖家坝一片隆起的山川脊坡上
我和父亲渐渐停止交谈，并不约而同地加快脚步

是夜，雨，驱车二十多公里
去听老诗人多多

　　有那么一瞬，就是他手指苍穹谈诗如何而来的时候，余光对视了一下你，从他的眼神中，你笃定地确认那个人——

　　就是多多！
　　像一枚钢钉，斜倚在尘世的边缘，
　　像一杆上了膛的猎枪，瞄准了时间的顺从者，
　　那一刻，你前所未有地感到，有一场雨挥动着大海巨大的翅膀向你，

　　猛烈扑来——

学徒

为了搭建这座大厦
你满怀虔诚；为了将这一枚枚
词放在恰如其分的位置上
你在每一个夜晚，将月光请进你的
心里；在每一个清晨
沐浴，更衣，呼吸清新的空气
你必须确保每一枚词都干净，如初
你必须将这一枚枚有着呼吸的独立个体
精准组合，赋型——
即便如此，你也会听到
一阵阵轰然坍塌之声，在一天比一天更汹涌的
流动中

犁铧

三月的一个下午
一把犁铧把自己撵到一片荒芜多年的稻田
四周的油菜花开得正艳，但它已忘记菜籽油的味道
沟渠旁的那块高地上曾住着两户人家，但现在
房屋已坍塌，人不知去了何方。一把犁铧
一个赛口一个赛口地翻找，它找了油墨似的淤泥，松树将腐的
枝干，泥鳅一闪而过的身影，还有破碎的
玻璃瓶、坚硬的石子……当它捧起一块残缺的墓碑时，终于
忍不住，扑通
跪下——在一片翻耕了一小半的土地

后来，一只白鹭飞走。它叫来的雨，洗劫了这里

有一场暴风雪在途中等着我们

有一场暴风雪在途中等着我们

在我们收拾行李的时候

它便早已抵达我们所要经过的路途

像一头健硕的狮子

静静地卧在那里

凌乱的鬃毛，是风雪中抖擞的枝叶

锋利的牙齿，比月黑之夜的

号叫声还要令人毛骨悚然

它静静地卧在那里

偶尔也站立起来，用爪子摩挲着沉默的大地

我们小心翼翼地从它身旁走过

像几只小小仓鼠，手提着风铃

醉酒书

这些年，我往胃里灌入了太多的
事物：齿状的海参，二两的鲍鱼，南瓜盛下
的燕窝，蜜汁包裹的里脊……我吃下的时候
欢声笑语，春风拂面；当我消化、反刍
就有无尽的苦水，像扎破了胆器，一汪汪
涌出——这些年，我不断地练习酒量
练习嘴角上扬，与骡马打成一片
练习憋吐之功：牛奶、达喜、水飞蓟……往往无功
而返。觥筹交错中，我一口口吞下蛇肉
就会看见一弯弯杯弓；我啖下流云
就会带来暴雨，将我反复冲洗
这些年，凡我和酒而下的事物都不能
化于脏腑。它们像一层层新生的树皮，尽被揭去
而我在一次次抽脂吸髓后，战栗着扶正身子
像狂风中的一棵豆苗

登华山记

是鹰叼着华山在飞——
千百年来，飞过山川、海洋、沙漠与湖泊
躲过层出不穷的浮云和暗笑的宝雕弓
终于，安放在我们心头：一方壁立千仞的悬崖

逼迫着我们：是跌崖就死，还是绝地展翅？

是水，是水

我把经历的一切美好都搬到这里——
我把经历的所有痛苦都搬到这里——
在这里，我被生活打掉牙的牙床又长出新牙
我死去的外婆又提着一袋包子
来看我——用她拾破烂儿换来的钱币
我爱的姑娘美丽得如一棵枫树，永不会老去
在这里，微风轻扬，风车旋转
我有足够的时间将我生命中的盐一一晾晒
结晶，迎着太阳，闪耀着白色的光
是水，很快就没了过来
是水，是水，猝不及防地就没了过来
石头沉入水底
白鹭飞向岸边——只有我，面对这
一望无垠的粼粼水波时

脸上浮现出一个水手的愁容

夏日

悠扬的蝉声是一条比光阴还要悠长的
丝绸，一整个下午
我都躺在上面来回地

荡秋千

移栽记

它们是减掉毛羽的野鸟，蔚蓝只能在眼眸中
涌现；它们是饮尽风雨的老屋的椽
一阵晕眩。一阵惶恐，像闪电穿过笨拙的身体

大卡车载着它们穿过陌生的城市
冰冷的石头。聒噪的空气
它们拖着残破不全，苟延残喘着，如床榻之上的
老叟

这新的肥沃的土地，是多么坚硬！
它们带血的根，每往深处探一下，都会引来一次失声的战栗

出租屋内的檐龙

我的四脚兄弟
你我素昧平生，却在粤东
一幢十八层高楼相遇
你是怎么上来的不去追究
我是如何来到此地也无须多言
总之，我们相遇了——在这
十多平方米的出租屋内，一起生活了
数月，我的四脚兄弟
你是如此的羞赧，像是荒草丛中的
一束野花，风一吹就低下了头
有时，我推门而入
你立马躲了起来，只能看到你
一闪而过的尾巴，有时我们也对视几秒
你斜睨着头，转身又消逝在
床底，或者衣橱的缝隙之中
我的四脚兄弟，你是如此的客气
或者，仅仅是挑剔
你我萍水相逢，即是朋友

共处一室，便是亲人
留在床头柜上的饼干、肉松面包
你只管尽情享用，可直到
发霉，也不见你啃噬过的痕迹
而你，却日渐消瘦了
我的四脚兄弟，谢谢你！
每晚我拖着一身酒气，回到屋
埋头就睡——是你，在黑夜
如时出现，替我巡视着
这可爱的人间

注：檐龙，即壁虎，潮汕方言。

祖父的坟茔

祖父的坟茔前后换过三次

第一处，是在水井槽一个叫坟窝的地方，那是
一片耕种了几个世纪的土地。1995 年，祖父辞世
与土地打了一辈子交道的他，选择长眠于此

后来，砖厂在对面的晒粮台吐出长烟
整个敖家坝，耕地良田都被吃掉一丈多高的土层，祖父的
坟茔
在一片轰隆声中高耸如一座孤岛逾半年，倔强的母亲
和工厂老板据理力争，被几个壮汉推进

雨后的泥坑……最终，祖父的坟茔

迁到了第二处：一个名叫枞树垱的山坡，坟前多了
一座石刻墓碑、两棵侧柏……后来，村里田地改造，枞树垱
被夷为平地，祖父的坟茔面临着再一次迁址

这一次，祖父的棺椁回到了老宅斜后方的竹林。没有石刻墓碑

也没有侧柏相倚，一座石砌坟茔，在父亲
粗大的双手中渐渐垒成

这一米多高的坟茔
我们出门，走上百来步便能看见——坟头的迎春花
随风摇曳，长埋土里的祖父啊
仿佛才离我们而去

黄花苗仙子

在我的家乡鄂西北一个偏僻的农村
人们将蒲公英称作"黄花苗"。每年农历
二三月份，她们便舞动着修长的圆状披针形长袖
在山岩石坎上，在耕地田塍的空隙间，伸长了
脖子，从碧绿丛中，吹响一朵朵黄色的喇叭
并随着微风，惬意地舞蹈，在阳光温煦的下午
没有谁会相信，就是这么纤瘦的女子会用
一把把被时光磨得发亮的锄头将自己连根挖起，然后
跳进竹篾箩筐里，送给山脚下世世代代生存在
那里身患病痛的人们，为他们
清散周遭的烦热，化解淤积体内的食毒
也有如我父亲般心地良善的人们
将一部分沿路飞翔的黄花苗送回到生她的土地，并祈求
来年春天，黄花苗仙子再一次携爱降临人间

悬崖

那悬崖矗立在那里，只要你打开

文字的内部，你就能看到

那悬崖，壁立万仞，耸入云霄

只要你走进——你就屹立在悬崖之巅

往前，是万丈深渊

往后——没有退路

冷峻而锋利的岩石，如同一支支词的

断臂，它们紧紧地怀抱在一起

顽强的青苔，是诗人嫡传的

胡须，在高处汲取云隙间投射下来的阳光

你在悬崖之巅，铺开自己

你在那如针的顶峰游戏人生

当你行走，你的内心陡然耸起一座高大的悬崖

你是否也只能硬着头皮

将自己推下？

或许只有将自己推下悬崖，才知道自己能飞

或许，只留下一撮带血的毛羽

在冰冷的岩壁上

亲爱的陌生的树

亲爱的陌生的树，你不会注意到我：
一个鄂西北大山深处跋涉千里才来到这里的愣头青
一个刚刚走出校门步入社会的职场菜鸟……你昂首挺胸地
屹立在粤东一家三甲医院的内院，健硕的枝干
绿得发亮的枝叶……每天成百上千的人从你身旁匆匆
走过，你不会注意到他们，更不会注意到
混迹在他们之中的我：手里攥着一沓崭新的宣传彩页
在走廊来回走着，掌心沁出一团团汗液……

在最初的日子里，我也并未过多留意你，亲爱的
陌生的树，直到有一天，高大的吊车开进来，伐木工人
抬起的电锯，露出锋利牙齿……我并没有听到你
声嘶力竭的哭喊。亚热带的气候，很快送来了倾盆大雨
一颗颗黄豆大的液体打在你新鲜的伤疤之上
空气中弥漫着的浓厚木质味道也很快消逝得无影无踪……

自此以后，每当我从你身旁走过，总是情不自禁地
向你投以注视，亲爱的陌生的树，当我被同行嘲笑，被客

户从

屋里赶了出来，当我一次又一次被对方不耐烦的声音挂掉电话

当我一次又一次被别人忘掉姓名并冠以"小张""小李"……

我总会跑到你的身边，驻足，看着你逐渐风干的刀痕，和微风中

所剩无几的几片树叶……亲爱的陌生的树，谢谢你

陪伴我度过了肃杀的秋天，寒冷的冬天。转眼

一棵棵新芽从你的残躯探出水灵灵的脑袋……啊，春天来了！

亲爱的陌生的树，你可曾留意到我？

——已不再是去年那个噙着眼泪抬头仰望你的少年

她在深夜道我以别

也许是太疼了一点
也许是两岁的孩子刚刚睡下
她才在深夜发来这样的短信：
"小敖
我想和你告个别
我现在身体很不好
怕以后没机会说了
你对我的恩情，只能下辈子再还了
谢谢你"……
谢谢？只因为一个弱者向一个更弱者投以的
廉价援手？
恩情？一个卑微者也有"施舍"恩情的资本？
一个卑微者在深夜
看到这样的短信——他的神经
像一根根抽去经脉的
青草，微风拂来，只得慌乱地倒伏一地
一个卑微者，在深夜
只能放下手机，眼睛变成深冬的树桩
直愣愣地瞪着漫天星子
看看满目璀璨，什么时候又有一颗恚然落下？

寂静

有一种寂静如同平地突然高耸垒成的
一道壁立千仞的悬崖，仅存的一根竹子弓着劈开了
一半的身子，将头伸进天空，是某种平衡？
还是审判前的沉默？——当我说起多年前外婆的死
欢声笑语的屋子一下子喑哑下来。在座的有
她的两个儿子，还有四个女儿
她断气在一片荒地，指甲缝里塞满了黑泥

母亲的和解

早些年，母亲只要发现一根白发，就立刻拔掉
动作迅疾，像触到电的手；有时她甚至对着镜子，一缕缕
一根根地去搜寻、嗅闻，如一只猎犬

光阴渐渐流逝——如今，母亲的头发稀疏，有一半都白了
她也少了之前的尖锐。黄昏的阳光像外婆的手替她梳理着
头发
母亲的脸上流露出一种少见的慈祥与和善——

外婆啊，已死去多年

游杭州花圃，给贝贝

不问前生，不问身姿、色泽

不启味蕾。单听听

她们的名字：法拉皇后　沃勒顿老庄园

克劳德·莫奈　鸳鸯泡　玛丽玫瑰　金太阳

听听她们的名字，然后默念，小楷，慢慢写下：豹子

蓝色狂想曲　阿尔弗莱德·西斯莱　仁慈的赫敏

尤特森　流星雨，然后，给翅膀一点

微风：热带雨林　红玛瑙　粉帽子　金奖章

红宝石婚礼，你就会知道

人生多美好，生活多有意思：艾拉绒球　新1号

甜蜜生活　平湖秋月　彩云艳丽

继续念、听、闻、触：新想象　藤尼克儿

桃红春山　紫袍玉带　马克夏加尔……当然还有一朵

叫亲爱的谈贝：她走到哪里，我就跟到哪里

致岁月

终于，我有足够的勇气宣你觐见

我说让你候旨，你就双手低垂，跪在门外

我说让你进来，你就起身，步履要比溪流更加潺潺

我说让你听着，你就锁上你的大嘴，像电线杆一样支起你的耳朵

我说，行咯，原谅你了，你就像断了骨骼的伞一样，松软

像六月的向日葵一样，绽开脸颊——

然后，和我一起穿过马路，一起喝酒，破口大骂，对着天空撒尿

然后，坐在一头狮子的脊背上

看一条气势汹汹的河流穿过我们的时候，也穿过夕阳

夜

雨，扑通一声
跪在门口。痛诉他一生的

悲悯与罪过

如注

而我终究不是心怀雷霆之人
将汪洋恣肆的才情倾泻
在广博的大地之上，让万千顷树木
摇着身子为之呼喊，明晃晃的才华像一颗颗
珍珠降落人间，噼啪作响，让河流
冲刷出一条条汹涌的警句，涤荡
尘世，纵横江野，而我终究
选择与阳台为伴，看一场繁华散尽
又一场繁华登场，当内心的乌云像夜色一样降临
闪电抡起几千万伏的白色拳头
我选择在暴风雨中奔跑，让雨滴将我反复清洗
我选择做第一个迎接自己的人
送上毛巾，吹风机，以及换洗的衣物
而我终究会将自己烘干，焚烧，与一场倾盆
分庭抗礼，神明啊，原谅我的才思枯竭
这么多年的呼风唤雨，只祈求一滴
滴在缥缈的白纸之上

致鸟笼中的赤腹松鼠

你用犬齿撕咬钢筋栅栏时
有一道闪电正从狮子的怒吼中飞过

你蜷缩着身子，脸紧紧贴靠在卷曲着的长尾上时
乌云正睡在树梢

你对主人投的食物和水视而不见，在逼仄的空间，上下
跳蹿、抓耳挠腮时，我刚下班，正骑一辆电瓶车穿梭在城市
的公路上

你侧耳倾听风弹拨枝叶时，我正在菜市场和商贩讨价还价
你抬头仰望树枝上的飞鸟和果实时，我正望着你——

你眼中的孤独
你眼中：西装革履的我

雨天，听窗外轿车一辆又一辆驰过

该用什么样的笔触描述这样

一个时刻？像急速挥动的斧头突然停滞半空

它砍伐了一个大豁口的木头

它锋利的刀口，以及它微微的熨烫

像极了此刻，从慌乱的工作中突然停下来的

你：一只飞行上千公里的大雁

刚刚踩上了一杆细枝。你听不到窗外

雨水敲打法国梧桐的声音，听不到雨滴一滴滴

从屋檐跳下发出的最后呼喊

一辆又一辆的轿车飞驰而过，你听到

它们的车轮驰过潮湿路面时的浊重，以及它们

溅起的泥泞和水珠。一辆又一辆的轿车

飞驰而过，你听不出它们是何种品牌，车上坐了几人

它们从哪里来，又将驶往何处？你起身

去倒了一杯白开水捧在手里，你尽量让自己

置身事外，不去管它们，但一辆

又一辆的车从你的耳畔驰过，你仍能真切地感到

有一根极细极细的钢丝将你的内心紧紧拉住

羞愧（2014—2017）

2014，7~8

我几乎忘记了那枚词
我几乎时刻防备着，那枚词，从身上滑落

如过街之鼠。我收集一片片
红枫的脚印，装订成册，夜阑人静时

让月光打开。我几乎翻到了
鹅卵石（它是动词），它光滑细腻的皮肤

像水面闪过的鱼鳞之光
让我想起道路的那头，黄昏吞下的背影

我几乎脱口而出，但不得不
饮鸩止渴。韩江、榕江，在我的手中腾挪、飞跃

像两架想象出来的彩虹
我几乎游了一百米。爬上岸之后

在阳光下曝晒，招摇过市
像一条被水嫌弃的银鱼

我几乎被三十元的泳衣掳走
是不谙世事救了我。哦，我几乎被自己装订

供尔后的光阴细细咀嚼
引以为傲！是浸透泪水的夜晚

给了我容身之地——哆嗦、舔舐，收紧
身子，如最小的

一枚词（名词）：我几乎时刻警惕着，它从身上
滑落，如一片陨石

我们终将回到低处的生活

——致陈劲松

告别那些辉煌的岁月

我们终将回到低处

像一滴从叶间滑落的水珠

拖着疲惫的身躯，和卵石般的

心灵，回到一条溪流的内部

也许一言不发、顺着亘古不变的河道

流着，流着——

才是上帝的旨意

我们唯一的错误，便是翅膀上涂满了

天空，和太过密集的风暴

梦想容不下太多的

想象。我们相信自己胜于

相信命运

告别那些逝去的日子

我们仍对一次次

离别，一次次相聚念念不忘

那些高山上和太阳一起升起的步伐

那些写在湖边柳梢上纤细的文字

那些喷薄的火焰、高亢的誓言

那些锁在抽屉里的雄鹰，与流淌在眼眸里的

海……以前的以前，我甚至羞于写到

这些平庸的词，这些鄙俗的意象，而不知何时

我开始被时光牵引，回到低处

像一头默无声息的老黄牛

像一滴泪水，被蒸发，忍受着一次又一次的远离

忍受着一次又一次的物是人非

像万顷稻田里的一粒稻谷，像尘埃中

消失在黄昏里的背影

岁月终将在我们身上裹以冷漠、防备

我们终将从一只蝉的飞行中，回到蝉蜕

从树干上回到湿润的土地，回到

一棵青菜、一粒盐，回到炊烟，回到

油的黏滑、米粒的清香，回到

琐碎的拌嘴，斤斤计较，失眠，回到

父母之言，结婚，生子，像石崖下的杂草

随着风的手势，春去秋来

直到，身旁的孩子，茁壮成长

不知不觉中

从我们体内长出一棵棵橡树

榕城区

一个不谙水性之人
生活在近海的城市，每天唯一的感受
便是江河擦过皮肤时的灼痛感
百河终归入海
而海依然伸手不见五指
一个习惯了山里生活的人
多少个这样的夜晚
没有了蛙鸣
没有了山谷的呼吸声
在床上，总是要翻过几座山
穿越几片丛林，才能将自己彻底放倒
在梦中，一个浅度睡眠之人
总是梦见自己在潜水
肮脏的身体千淘万洗，依然如江水般
浑浊，泥石俱下
——直到黎明，天福路口的那棵榕树
逐渐清晰……

凌晨，给自己的诗

此刻，终于可以躺下来，听听自己的心跳——
纷乱不宁的世界，终于可得片刻安宁
窗外，风蹑着行窃者的步伐，跃过栅栏
一些隐秘的事物正在有序进行

万丈

没有什么能真正驾驭我
像呼伦贝尔大草原上名叫闪电的
野马
没有谁
阻止我啄食风暴如啜甘露
万物凋零，地壳之下的石子尖叫
如麻雀
万物葱茏
大河流去，山脉隆起
没有什么能阻断我日益喷薄的空旷
像蛰伏于十月的
咆哮
除了时间，我一无所求

羞愧

羞愧啊，我还在以一个儿子、朋友、陌生人的身份

混迹在人群之中，欺世盗名

狼狈不堪，我的四肢还在移动，头脑还在运转

眼睛还能看见肥硕的老鼠白天里大街上乱窜

胃里面还消化着五谷杂粮

耳朵里面，是打火石敲响夜的声音

我还在承蒙信任、馈赠、寄托

良好的评价与骂名，我祈求的灾难

永不对我兵戈相向，我还在像一只幸免于雷电的灰鸟

啄食于路边，心存侥幸、恐慌

河流每天依然从我身上流过一次

星星也在我的头顶闪烁一次

有时候，我多像一个犯了错的小孩儿，独对光阴时

抬不起头来

雨，雨

是什么让我不曾睡去

却一次次地醒来？我的手伸向你

却抚摸不到你三月的温柔

无边的山峦，在我们之间横亘

我的呼喊一去无回音

茫茫的黑夜

像一间囚牢，铜墙铁壁

我的声音穿透不了

我的足迹逾越不了

无际的雨，在我们之间

下着，雨水落在寒冷的夜里

雨水打湿了信鸽的翅膀

我站在铺满鹅卵石的街道尽头

犹如站在尘世的尽头

云朵，像天鹅缓缓地游弋

木棉，兀自站着

一切像水洗过一样

那么明净，转瞬却

又那么模糊。我不敢伸手

去触碰，这从脸颊涓涓流进梦里的

雨，雨——任由它

在我们之间舒展

往前一步，迷失在前世烟雨

往后一步，堕入今生瀚海

当爱

我将成为一个理屈词穷之人
一个放弃了雄辩、修辞，甚至语法之人

我将依山筑屋，开山养花
我将彻彻底底成为一个养蜂人

每天成千上万的蜜蜂对花充耳不闻
只用一生仅有的螯针

刺杀我
我甘愿死在它的手上

我甘愿赴死之前，再听一听
听一听

它靠近时
膜翅揶揄气流说的

悄悄话

流芳百世的爱情

人生太短，要玩就玩大一点的
爱情。举火为号，向这漫漫的夜晚进行一次彻底的
屠城。且不管城内呼声滚滚
且不管荆棘遍布的城墙，鬼魅灼灼
我们互为烟火
向这夜晚发出致命一击
大火终将在一望无垠中退去，光明终将在黑暗隐没时洒下
流芳百世的爱情
是灰烬。在焚烧中，永恒如星子

有些人只能存在于记忆之中

有些人只能存在于记忆之中

他缺少细水流长的耐性，这就决定了

在人生的旅途中，他会陪你走上一段路程

但这段路程不会太长，像白驹

轻轻地掠过时间的缝隙，哪怕刻骨

也会很快逝去，你从记忆深处呼唤他

他在昔日的峥嵘里作答

曾经的阳光照耀在他的脸庞上

他永远那么年轻，永远那么精神

时间给了他最长久的保鲜功能

他不会再前进一步，也不会再后退一步

他定格的那一刻，光辉永远那么盛大

就算有一天，你们在人声鼎沸的街道上碰见了

你也不会大声喊住

你只能怔怔地站在原地，忍受着声音突然丧失的无力和疼痛

眼睁睁地看着他的身影消失在人群里

但你绝不会大声把他

喊住

落枕志

你一定想挣脱如今安逸的生活

早晨，排骨和茶树菇在高压锅里面冒着热气

保姆在打扫客厅，擦拭茶几

你一定想在此之前起床，疯狂地

在林荫道奔跑，捕捉黎明时分的第一缕鸟鸣

你一定不愿在饭桌上

练就全套眼皮子带水的本领，你一定

不愿乘着夜色，穿梭在城市条条框框的冷峻中

在摩托车熄火的余音中敲响

变幻莫测的小区门房，你一定不愿

和任何一个人称兄道弟

与任何一个人和颜悦色

在欢声笑语中，在眉飞色舞之间

你一定感到一丝丝悲凉

像海滨路上吹来的海风，你一定感到了它的

腥臊、刺骨

你一定厌倦了委身在旮旯里面

翻开书籍时露出的嘴脸

你一定受够了夜半沉入游戏时激起的轰鸣
和愈演愈烈的呼噜声
那时，你是沉默不语的，像悬崖边
挣扎了数月的山鹰，等待着
一阵大风的到来，你的身体变得越来越沉重
像石头堕入湍流之中
当夜色深沉，众生睡去。你一定是过于迫切地
从床上一跃而起，冲到了无边际的旷野
飞奔，你一定沉迷于你的奔跑
从现实主义奔赴理想园地的奔跑……
直到黎明到来，一段长长的跋涉被换算为
后颈几块骨头的距离
你偏斜着脖子，坐在一片明晃晃的聒噪之中

黄嘴

那么多嫩黄色的小嘴张开

那么多嫩黄色的小嘴发出求食的讯号

它们体格不一，东倒西歪地盘踞在

你的巢穴，它们需要不同食物的胃

命令它们集体张开小嘴

它们叽叽喳喳，横冲直撞

它们等待着喂食，等待着长大

等待着被一种合适的叙事方式呼啸而出

等待着浑然天成的节奏去飞行

它们有的淹没在密密麻麻的自身中，十几年后

才得以重见天日，有的早产

死于来时的途中，变成孤魂野鬼，无人问津

有的在喂食之中基因突变

变良，或者成莠，莫衷一是

它们星星点点，或者漫山遍野，它们在风云变化之中

等待着重组，等待着安排

并不是集体张开了嘴，就能获得食物，并不是获取了充足的

时间

就能喂饱每一个饥渴的灵魂

它们如雨后春笋，如

囚室之中的野兽，如铁索捆绑之下的蛮夷

它们如因水漂浮的浮萍，如负石上山周而复始的西西弗斯

它们在苍茫的尘世中卑陋如蚁

它们前赴后继地，张开嫩黄色的小嘴——

是什么让我们以身饲鸟

面对庞大的虚无，一次又一次满怀虔诚地

将它们放飞？

青年日记：2014—2017

　　那几年，他常常深夜不寐，借一盏荧光，撬开尘世一隔，偷偷记下即将翻篇的一页页日子，关于爱情、亲情，关于毕业时的选择、初入职场的心境……如今回视那段令人难忘的岁月，青涩、苦痛……才恍然明白，或许那就是青春，也或许那就是诗！

——题记

* * * * * *

极尽光华的一夜，太快太快
薄晨初开，竟宛然无依，和一大群人，下一站

去哪里？

* * * * * *

夜色四合
众生睡去
这世间难得的清静

这时间难得的缓慢
多希望
一切就这么定格
不增不减，且平铺
渐次成画卷
那人、那事、那流年……

＊ ＊ ＊ ＊ ＊ ＊

该花掉多少年的磨砺
才能打造出一颗不温不火的心
在尘世
因爱而生的痛、惶恐、无奈
像巫师的蛊种下
幻化为一波胜似一波的毒
欲罢不能。愈演愈烈
该走多少路程、翻过多少的山
才能晴雨皆无？
像一朵无欲的荷
明明灭灭
静默如谜

＊ ＊ ＊ ＊ ＊ ＊

大海远没有想象中

烟波浩渺、伟岸卓绝

于时间静谧时依然呈现一片祥和

或许我应该原谅，十月初的夜晚，泅漫

在观海长廊上，比呼吸声更暗哑的沉默

繁华终归平淡，往事飘散成烟

有些事抓住了，就抓得更紧

有些事溜走了，就让它变成海鸥

在海面翩飞，如秋叶绚烂不已

＊ ＊ ＊ ＊ ＊ ＊

想笑，却不是发自肺腑的笑

想哭，却没有一滴眼泪

所有的兴奋还没高涨就偃旗息鼓

所有的话，到嘴边

就被风叼走——

＊ ＊ ＊ ＊ ＊ ＊

T9：北京西—重庆西

告别

一次仓促的相聚，去奔赴另一个约定

漫漫二十五个小时，沿途的景象

暗了

又亮
暗了

又亮

* * * * * *

一、人是一种趋炎附势的动物
二、烦躁：脑子里有一群人在吼
三、雨，一直在下，在下……眼睛里

* * * * * *

夜，谁家的狗吠声？

四点多醒来，醉隔今生
风，爬上了阳台

步履细碎处，伸手只触大星

* * * * * *

时光滤过
所幸——
有那么一群人在我手中

依然绿意盎然
像一片青苔

* * * * * *

大学校园适合散步
尤其是和好朋友一起
月光。树影。——即使沉默
也十分美好

* * * * * *

此刻
有人在深海觅光
有人在深夜下雨

* * * * * *

在沿海
皮肤越来越黑，头发越晒越卷
一颗蓬勃之心，逐渐倦怠，冷漠
像一片苇叶伸进辽夐的严寒中。嗖嗖，嗖嗖
没有风

* * * * * *

烟波浩渺的大海上我一无所有
烟波浩渺的大海上我只有你

* * * * * *

列车在高速公路上疾行
窗外的景色也随之明明灭灭

我多希望
就这样被一种事物带走
无牵无挂，充满未知的死亡和希望

* * * * * *

多少年后，当忆起今日之自己，在异乡的湖边
散步，沉思，心中的思绪与头顶的星辰一样浩渺
会不会感慨人的一辈子中，择居而不定觅伴而不得的时候只属于青春？
会不会为此刻心怀夙愿执着依然的自己，而在眼眸里划过一道时光的飞影？

＊ ＊ ＊ ＊ ＊ ＊

上帝赐予你一粒种子
你就要背负它，接受水，接受坏天气

它挣开外壳，将根扎进
你的躯体——

不管人们看见或者看不见
它在你身上的繁枝茂叶

你都得承受它投下来的孤独的阴影
和根须撕裂骨血带来的

痛！

＊ ＊ ＊ ＊ ＊ ＊

睡眠如坑
一夜凹凸

＊ ＊ ＊ ＊ ＊ ＊

正午，在外面等客户

一把把利剑直插
下来。白晃晃的齿光

* * * * * *

无限的哀愁升起——
罂粟花
跳舞

* * * * * *

内心笃定，形骸放浪
道不尽的，是皮囊之下的波谲云诡
数不尽的，是人世间的爱恨情仇
惶惶尘世，总有一种向善的力量指引着我们走向崇高
逼近纯粹，关乎生命，以及最初的爱……

* * * * * *

累
一种反复折腾而心焦力倦的累
一种拨不开氤氲独徘徊的累
一种眼皮耷拉而眼珠清明的累

* * * * * *

蓝色殆尽，大海抖擞着无与空

* * * * * *

又梦见你
一句话，一汪眼神中的柔情
冰雪融化
万物含春

* * * * * *

因为年轻，深夜才流涕
因为孤独，悲伤与月光一样
明亮

* * * * * *

有些爱与包容，并不是取之不尽的
总有一天或者一次，它会衰弱、枯竭……不要尝试

底线

* * * * * *

他们一定会来叫我
在夜色闭合时
叩响门扉

* * * * * *

有时候，欺骗并不是一件坏事
比如，你稍微骗骗我
我就信了——

我就不至于痛哭流涕

* * * * * *

时常的哀伤袭来
有时候明白其缘由，有时候又模糊
像接待老友一般，坐下——
来，谈一谈这生活
这，转身飘飞的泪，泪，泪

* * * * * *

不必对可有可无的人生气

不必在阴天，听阳光刺杀云朵的声音

* * * * * *

一点点收敛锋芒、热情和爱
在没有温暖而只有燥热的夏天
化成一尊石像
从日出站到日落，从日落站到星罗棋布……

* * * * * *

每一次情绪到低谷的时候
总是会戴上耳机，跑步，一直跑到
大汗淋漓，几近虚脱，再将自己提到
十一楼……第二天，又是满血复活，充满斗志
孤独无处诉说的时候
就让宽厚的黑夜之手抚摸抚摸
这时，星星会和灵魂一样闪烁
那一亮一暗中，仿佛有一种难以抵抗的
安慰。支撑着我，沉沉睡去
又在一片尸体中
睁开眼睛

* * * * * *

一生太短
还没来得及爱人就身先老去
一生太长
还没来得及问候，却已守候了一生
有人说，脚踏过的沙滩太浅太浅
有人说，浪打过沙滩时太快太快

* * * * * *

他们戴着一身氤氲翻滚
脸被拉长，变得扭曲，纤细，苍白
他们凯旋，挥动七色彩带
被谁——搁置在两座大山的肩上

* * * * * *

掠过千帆，才知道什么是帆
饮尽浮华，才知道什么是真正的：奢华
等待，是一次精心策划的，跋涉
等待，是一次又一次的褪茧和疼痛
还好，在时光的蛮荒和空间的无涯中，我们都没有冲散
还好，我们彼此碰见了，并且点了点头，相互示意
遇见你，什么时候都是最最美好的年华

* * * * * *

精神的贫瘠比物质的贫瘠更持久、折磨

* * * * * *

即使一无所获，也会振翅起飞
在蛮荒无际的时间里，游移
像一朵明亮的失眠

* * * * * *

敏感的心啊，你会有所触动

不必渴求太多的回音，人之本性是自私的
包括你自己——尤其是在你目之渺渺的时候

* * * * * *

夜晚是个好东西
习惯于藏污纳垢
所有事物，全全收入囊中
连月光都凿不开，这黑夜的匣子
包括欢笑，和所有的泪水……

* * * * * *

不想过得没心没肺，反被虐得撕心裂肺

* * * * * *

温馨、惬意
把长长的日子过短、过到一分一秒
再将短短的日子过长、过到一生一世
——这就是我要的柴米油盐

* * * * * *

这个世界尘土漫天，是多么需要敬畏

* * * * * *

现在想想，那过往的很多故事都很有意思
它们也许是一瞬间完成，也许是花了好多年才完成
它们静静地站在记忆里，不粉饰，不夸饰
就那么平平淡淡地叙述出来，都很有意思

＊ ＊ ＊ ＊ ＊ ＊

总是担心自己，走着走着不见了

＊ ＊ ＊ ＊ ＊ ＊

试着收好自己的刺，以免伤到更多后知后觉的人

大雪（2011—2013）

你：一棵枫树

蔚蓝的天空下

你和大片的枫树站在山岗

远远地望去

枫树比你高了一截诗

你的脸比枫叶红了一盏酒

一场潇潇的春雨过后

缤纷的彩虹还没出现

我的眼睛无论怎样地被露珠洗涤

也辨不清

那远远的山岗上

哪一棵是你，你又是哪一棵

乞讨的盲人

街道上的那位盲人在熙来攘往的人群里缓步移走
他一手捧着锈迹斑斑的铁钵（几枚硬币
零星而卧），一手拄着导盲杖
脚步稳重又迟疑
初春的阳光像温柔的女人紧贴在他破旧的棉袄上
他有些拘谨，又有些恐慌
额头沁出了粼粼汗珠

一些行人和一些流浪狗纷纷避开他
他有足够的空间任自己迈出夸张的步伐
可是啊，他的脚步依旧那么迟缓，那么小心翼翼
仿佛他稍一加速就会踢到这个繁华的城市
——这个城市也会痛

我就希望做一块清冽的石头

我就喜欢看你身穿一袭月光，在故乡的小河
蹦蹦跳跳宛如一只小虾，那时的稻香
正搭乘蒲公英，轻飘飘地落满天空
清脆的哨音游弋在叮咚作响的泉水里，正摇着小尾巴
你顺着小路，和鸭子赛跑
你小心翼翼地掰开奇形怪状的石头
大钳蟹撒腿就跑，泥鳅逶迤地钻进另一石隙
你奶奶给你绑的小毛辫子和河两岸的水草
锦瑟相和，都随着温柔的风
一起，摇啊摇……

我就希望做一块清清冽冽的石头
木木讷讷，愣头愣脑，又有点小放肆的石头
在你玩得累了，大模大样地邀你坐在我的身上
你啊，毫不知情地睡着，梦着风轮
我呢，激激动动地勒住咯咯地笑

突然飞走的鹭鸶

四周是刚刚抽穗的稻禾，一只鹭鸶
就单腿屹立在田埂上
它的姿势、它的表情像极了我十年前养的那只
——在等待我的喂食
我动了未泯的童心，卷起裤脚管儿
朝它靠近，它发现了我但没有丝毫逃走的迹象
我顺手逮了一只乱叫的青蛙，加快了脚步
它的表情依旧那么镇静
我大胆地推测十年前的它还活着还认识我
离它还有五米的样子，我重温起当年的做法
伸出拿有食物的手，并唤起：咯咯咯
可就当我的呼唤声刚刚逸出喉咙
它突然挥动翅膀受了惊似的飞走了
我望着它飞翔的天空，一时手足无措
——仿佛瞬间陌生了十年

你和我：有那么……

1. 有那么一个夜晚：

升起的雾打湿了月亮的笑声，蜿蜒的银河轻轻抽搐了一下

我抚摸到你的心跳渐行渐远，从一个夜晚私奔到另一个夜晚

我们之间：一直豢养着光彩四溢的白天

2. 有那么一朵花：

轻而易举地逃逸出你鸢尾似的裙子，在我的庭院门前停了

我的院中：百合在飞，金鱼在游

她说她是你送来的一只小白兔

我说，她嘴唇下的獠牙很锋利

3. 有那么一条路：

突然出现在山的北边，海的南边

我们的头上飘满了童话的脚印，我们行走在路的两侧

是一条路，我们走出了两条路的质感：大部分平行，小部分
相交

4. 有那么一个傍晚：

禾苗和河流并肩坐在高高的楼顶，呢喃夕阳

稻草人渐渐入睡的姿态很响，田野上飞驰的自行车的铃声
很深

或许深夜会来，我们一起盲人摸象

我梦呓落日，孤寂发呆，香

我
虚体，拾捡太阳

梦呓
从地球黑沉沉的腹部破土而出
轻击飘浮黎明的露珠

落日
一只胀满血丝的眼珠
喷射欲望

孤寂
朗月趋向于三角形

发呆
云俯身海边，取水

香
清炖
音乐最结实的骨头

我还是在悄悄看你

我还是在悄悄看你，在你
低头玩手机、写作业的时候，我用眼角余光
悄悄看你，在你举着樱桃眼
四处张望的时候，我用发梢悄悄看你
在你不在图书馆不在我身边的时候
我用诗歌、枫树、雪花、夜半的梦
悄悄看你，我悄悄地
走过你身旁，用心跳、侧身悄悄看你
多么美妙啊，我悄悄地看着你
我就知道了你的名字
而你呢，你除了我的文字什么也不知晓
在这个美丽的冬天，我悄悄地
打你身旁走过，传递给你
我身上散出的体温缕缕，悄悄地

空白

总是有小片小片的空白，于黄昏
或者午夜，或者草鞋迷失的正午闪现
犹如一段未曾唱起的古调
犹如一朵野百合没来由地停止了开放
停止了谱写四处飘逸的香，它那细碎的
圆点就这么弥漫了天空，整张天空的
白，透亮的延伸、升腾、婉转
碰见了灿烂的阳光它会引来带笑的鸟
和涛声，一旦浓雾障眼
它便躲进贝壳体内，饮泪成珠
它靠在春夏秋冬任何一季的树旁
都能酣然入睡，梦见海蓝色的大眼睛
落在一水浮萍，对月高歌
它的空它的白似乎达到了一种纯粹又
近乎虚无的程度，它拒绝饱和
我的每一个举措都试图将它注入
色彩，抑或自卑的重量
但都毫无成效。它仍张扬地自由地

成片成团，从梦的一端走来
围住我，向我预示着
另一个我在幽冥中进行着复活

一个人死于去年的今天

去年的今天，一个人死去
仿佛他刚刚断气，柏油马路上
活着的人是一双双眼睛
塞满了盐粒、蟾蜍、麦秸秆的泉洞
死去的人鲜血仍在流溢，似密密麻麻的
红色小手，在人世间
抓着什么，抚摸着什么，又撕裂着什么
他的上身他的大脑碾压成薄薄的一层
一层薄薄的脸皮，是大地的脸皮
司机的脸皮，大卡车保持着老水牛的沉默
他没有家，也没有妻子儿女
人们用铲子将他移进了土壤里
他没有因此发芽
一年过去了，马路上的那块伤疤
早已消隐，但死亡还在继续
每一辆车经过此地时都将死亡一秒
而四散离去的人们也将在
某时某地死亡一次，然后再睁开眼睛

致姐姐书

姐姐，迎春花刚努嘴的时候
我就想着给你写封信了。我只是想着想着——
迎春花就开了，迎春花就谢了
姐姐，你能明白我的意思吗
今天下午，我给家里打电话，妈妈又在
重复那个红毛疯子，说他抡起了铁锤
……我就又被击成重伤
父亲的旧摩托
依旧没换，不过药罐子又摔碎了一个
妹妹考了个年级第一。奶奶外婆健康满足
如两棵杉树……这些你都知道吧
呵呵，你常常帮我捡脚下的纽扣呢
大山无河，别忘了朗诵啊
我记得，那一群分不清胡子头发的孩子
有时叫你姐姐，有时叫你老师
偶尔还叫你妈妈——你当然不知道
深山的晚霞会飘到我的视网膜上
我转过身，它们就变成一群鸟

叽叽喳喳，落英缤纷……
弟弟在学校，一切皆好。路过图书馆
被野兽啃噬脑神经的病
依然会患。不过无碍。好了——
一些东西又在我身后飞来飞去了
就此搁笔。勿念。弟弟书

读一封未开启的信

依然是印有校徽的信封

依然是 120 分的邮票

依然选择在黄昏，被一只绿鸽子

叼来，依然有萨克斯蒲公英似的落下

天空宛然一片澄明的草原

细柳轻飏，刚喝饱黄土、暴雨的河流一路桀骜

秋叶呈鹅掌状，雪花凌寒独自开啊

一年四季孔雀般静静滑翔，陪我坐在田埂上

一起哭鼻子指月亮的姑娘，你还好吗

那晚的星星、蛙鸣、美妙的田野，还好吗

田野里我们埋下的青春痘已长成亭亭玉树，还好吗

树之旁那块我们并肩坐着畅谈的石头，还好吗

石头前方的四间两层火砖房，还好吗

房屋里的煤炉、开水瓶、瞎子逮跛子的游戏，还好吗

一块钱的白菜汤泡米饭的生活，还好吗

早自习下了才晃悠悠地从妈妈的唠叨中赶来的女孩儿，还

好吗

你捏的小泥人似的字体，还好吗

哦，先让我将这封飞了几年才抵达的薄卡片贴近胸脯

贴近肋骨　靠左　靠近均匀跳动的地方　让我感受

感受这只银色小鹿奔跑的潜能

让我猜测猜测她的嘴上到底衔着什么

一定衔着暮色——暮色中小女孩儿的疲乏

衔着石子　橡皮筋　铁勺　和　塑料瓶

一定衔着一座任你如何仰头也望不到顶端的父亲的严厉

老师的竹麻根　和　高年级同学变腔的嗓音

衔着一串串修辞：（秘密

是蜜蜂酿造的咸泪

椿树叫哥哥　稻草叫阿姨

方解石是永远也游不完的海滨

昏黄的灯光　是一把五米直尺　却永远

量不完从你的手到我的手的距离

而争辩是打火机　一点燃　周遭的空气便休克

而五角钱的硬币是后院的青蛋子

葡萄　一把揉进嘴里　到明年仍不会变紫）

你的足迹一定覆盖了无数高山　白云　以及难以企及的风

你一定　哦　摇身成为一棵健美的紫薇

——是啊　转眼间　我的嘴唇境外已有好几批黑土匪占山为

王了

你的身旁　一定有一只雄鹰　风度翩翩　踩脚　或者速跑

准备随时挥动硕大的翅膀　起飞　随时把你叼走

充当他硌肉又暖身的巢的材料

而我　愿意变成一座山坳　不远不近地　望着你

和你谈论男人眼中的女人　谈论

国共合作　日本的狼性　国富之论

摩尔根的用进废退原理　帕斯卡尔的苇草

探讨老庄垂钓秋水　任芸芸众生欲眼望穿

尼采的《查拉图斯特拉如是说》

海德格尔王阳明钱锺书鬼谷子如是说

柴米油盐　鲁迅　诗歌如是说

老聃如是说：天下皆知美之为美

道可道也　无声处自有惊雷　哦　对于一些未知的事物

我该如何落笔扼鬼神?

哦　此刻　我想象着饮进一条河的刀刃

试图割伤自己，而只见你的信封上赫然写着——

致：死了亿万年的敖运涛

第三次醉酒

棉絮状的晚云、青山，以及狗尾巴草
在当下的小溪边，仰望土墙的高度
什么被蚂蚁搬到洞穴之中
暴风雨什么时候授上将军衔
这一次饮酒，他什么都不提了
什么都放回了天地间——

百代过客啊，他终于放出藏匿心胸多年的苍狼
到梧桐树下，垂泪到天明……

辞宴书

蒙面者，养蛇户，变性人，信仙拜神者

——如此

我多么希望易名活在这世界上，多么希望像一棵
青草，湮没于旷远。从不关心风的催促，一遍踢疼一遍……

图书馆里的时间

一张无形的嘴。精致，温柔，又锋利无比
静静地靠近——
那个持书的心脏
——狠狠地咬下去，吞噬一些颜色
留下一道道深深的

黑

祭奠

凌晨两点了，一群猫
仍在河的两岸嘶叫——

它们撕破了喉咙嘶叫。它们
多么像一群游荡在尘世的孤儿啊
——在呼喊着

死去多年的母亲

冲天炮

2011 年的最后一个晚上，路灯下
七八个小伙子出现了
他们身披夜色，胡子被距离遮蔽
他们手里捏着冲破天穹的惊喜
灯光只能撑亮有限的地方
他们一个袖手旁观，一个插冲天炮
一个点火，余下的负责抱头逃窜
一声尖叫，火燕子叫喳喳地飞起
无数的碎花迸溅，火辣辣地在夜的脸上跳跃
随后，又一声不吭地平寂下来
站在七楼的阳台上，我看到了这一幕
我知道，熄灭的不仅仅是那冲天炮
而他们，而他们
又将另一只划向天空

我习惯在悄无声息中成长

生日的那一天，我关掉了手机
退出了 QQ，并穿上了一件黑色外套
也不打开邮箱，收揽直达而来的
关心与祝福，也不打开张扬的
嘴，向天空宣布我的秘密
我默不作声地走过亲人、朋友，和陌生
的身躯，观察他们的一笑一颦

我习惯在悄无声息中成长

我要画一棵参天古树，它没有
缤纷的色彩、怡人的身姿
它没有傲视苍穹的挺拔、比国连城的价值
它生长在黝黑的土地，它的乱枝一半
伸进白天，一半探进千丈的深渊

我要在它的内部添上雷、火山与河流
任雄狮驰骋，猎豹追赶羚羊，蛇嘶嘶作响

我要在它的内部构建一个略大于真实的世界
当里面海浪滔滔，新叶飞上了枝头
人们从它的身旁走过，却什么也不知晓

午后

她甚至抛开花雨伞
跳到树下。雨，在靠她很近的地方
小心翼翼地　下着

下着。她踮起脚尖
伤害缩小再缩小　诗意简单地扩大
小心翼翼地　走过
走过　这粉红花斑的大地

即便如此——
她走过，也该有一匹匹花鹿在她身后
急速跃起
急速消失

而雨，在离黄昏很近的地方
小心翼翼地　下着

试着，逆风而行

光阴宕宕。请接受我逾越时空的
单膝及栀子。然后，迈过一弯虹桥
去轻触蓝天、溪涧。以及菠菜。以及横笛

请溺爱这毛孔急遽的跳动。然后，和我
一道，逆风穿过这红枫的掌纹
试着悬于摇摆的菌菪之茎，看夕阳

所谓渺小与宏大，所谓形而上的黄昏
与形而下的破晓。逆风于迅急、闪电
任冰凉的雨滴揪紧眉宇。两片柿子叶终于
完成轰轰烈烈的折叠。然后，扶摇直上

穿越沙尘暴的魅魅魍魉。伐木人
卷进十万星星的起义。并且深度屏息
选择宙斯的侧面，设伏。秘密流浪及泅渡

然后，秘密歃血，和山鹰共结城下之盟
举纛吹号，进一步逼近虚空
大宁静中，我们将如期抵达。而无关风月

我们映

什么如镜？让我们在另一面成像——

星子在两个世界攒动，芸芸百万
我们是三生踮起的期盼，仰望后被时光点燃
我们在这茫茫的尘世幻映里
偶然成星：时而化一为二，时而合二为一

我们如星。十几条蛇溪从你的臂膀上碧碧荡荡的
藤垂下来。你的额头深处：绿孔雀
起舞。音乐袅娜翩跹
你低眉——
三两金鱼近唇唼喋。而立之年的鹅掌楸
从我的骨骼拐弯处蓬蓬勃勃地舒展。密密匝匝的天空
有一只名叫千年的青鸟飞过——

——飞过
此方与尘世相辉映的天空。石楼。山径
瓜果蔬菜。牛与羊。宇宙猎星人未归

已几世纪了。在远方，暗物质的飞兽撕食着二十六个星球

……我们还是相拥。静静围绕一个神圣的中心
静静地旋转。而不管什么如镜。我们静静相拥吧。而不管
此刻，有风吹来——
镜面上成千上万只稚鸟同时张开了饥饿的嘴

没带手机的下午

一场偌大的考试驻扎明天
我潜入图书馆自习的前一刻
拒绝了那部黑色手机
但四周强大的电磁波仍剑拔弩张，咄咄紧逼
如赤发太阳将细手开进蚂蚁体内
如这白晃晃的冷刀架在
下午的颈脖上，发出咔嚓咔嚓的声响
这时，手机振动了
在我的身体某个部位振动
这时，我开始怅然若失
我开始踏进一条宽阔的河流，涛声低哑
大雁的头一律偏向云彩
我的手机振动得越来越响了
在我精神的某个部位振动了
我猛然抬头，十个青衣人，獠牙闪烁
围成一圈，在唱歌，在跳舞
在某种程度上，我的手机振动得越来越响了
我振动得越来越响了
我被摁下了免提——

抉择与被抉择

在一匹千里良驹与一辆豪华轿车

之间，我始终无法抉择

我无法辨别雾起的早晨和落暮的傍晚

我无法顺着蔬菜的经络如期抵达四季的源头

我甚至无法抉择一道从太阳背后

斜劈而下的闪电，究竟将矛头指向

天生孱弱的山羊还是荒原上

完成了一次又一次生命图腾的狼

尽管事实并非如此，但我拒绝不辨荞麦的称谓

在阳光温润的日子里，我曾引颈远眺

我曾向往那雄鹰压低的天空，我曾希冀一匹

阿哈尔捷金马腾空而来，削耳凌虚，泥丸四海

而在时光飞逝的岁月，我始终无法忘记

那流线疾驰而过留下的窒息

我看到了没有翅膀的飞翔，我醍醐了

种瓜可以长成鳞次栉比的高楼

但在一匹千里良驹与一辆豪华轿车

之间，我始终无法抉择

但我拒绝——不辨菽麦——的称谓

我一直都在舐舔着白的虚伪黑的沉顿

我一直都在反诘：一定要选，一定要选吗

在不断舐舔和反诘中，终丁有一天

我醒了：在一间现代化的驾驶室

踢踏踢踏的马蹄声

从远方洋洋洒洒地传来，涂满疲乏的未来

一直进行的命名

火车的长腿越来越快，我们几乎
忘记了我们始于何站，又将开往何地
景色在窗外赛跑，如一张
不易辨别的面孔，那面孔我们认识吗
那面孔——我们又该如何称呼
一些情绪沙漏下来，会打包
我们，邮寄给终点相异的方向
但车内一副面容始终不舍不弃
它像父亲前世的手——
靠近，沉默，发出轻蔑的嘲弄
微笑着，把温暖的衣服给我们搭上
又隐去，保持着绝好的距离
但与此相呼应的面孔的命名，在车外
必将成为我们一生的叩问
它叫太阳，太阳就是速度吗
它叫远行，腿是远行的别名吗
那高过人类的头颅的语言，从仓颉

神经里横空飞来的词，似星星

坐标着太阳，必定与涸散的事物

一一对应，但究竟是什么呢

此时，火车加速了，穿过山洞

又将纵身一马平川的高原

但对于窗外面孔的命名，我们在或者

不在，都将一直进行，争论也是

掌中蚂蚁

风，舞摇着丈高的凹叶厚朴
我蹲下来，玩弄掌中的蚂蚁，如一阵风
吹向这厘米长的小生物。在我掌中——

这是生命线。这是爱情线。这是事业线
小家伙把脚印细碎在线的各处。小家伙如跌进
长河。河流滔滔。小家伙辨别不清光的方向

宛然风中挣扎的凹叶厚朴。宛然叶子。小家伙被风及
其他的事物吹着。它爬到我中指的尽头
又从中指跳到了无名指。它并不知道我蹲在中国版图的西
北部

我翻覆手掌，如叶子风中尖叫，趔趄。我用另一手的食指
指向它。它加快了速度。手指一再追击，一再肆虐
它突然打住，尾翘螫针，紧紧对峙。它在生命线与爱情线
之间

——我怔住了，被它与我惊人相似的姿势。被经验

裹挟，如被风吹着。我命令我的两个指头去镊住它的触角

正如，我被掌外的力量牵着鼻笼头，如一头悲哀的牛

突然——风裹挟走了这只蚂蚁

掌中空无所有。掌中遗留下的灼痛在身上明亮地燃烧，而
大风

之中的凹叶厚朴打住摇晃，如一只直立的蚂蚁，惊魂甫定

一条蚯蚓横穿高速公路

暴雨酝酿。一条蚯蚓从土中探出头
它正穿越高速公路——

一股神奇的力量坐镇它的体内。
它的长：9~15cm；它的直径：0.5~1.0cm
轿车、货车、客车从它肢体上方，抑或侧边
驰过。它犹如一条由来已久的龙
雨天腾飞。闪电，白烈烈的狰狞其左右
雨，冷箭似的射来——

高粱、水稻、玉米、小麦分布于公路两侧
广袤的空间：从东至西，从南至北，次第交换着角色
星月高高在上，摆出一副莫测的卦象
一条蚯蚓横穿高速公路，如
一介书生：之乎者也。数化物生，一副道貌岸然的
样子。在长江两岸低吟橘生之淮南淮北

这条蚯蚓横穿高速公路——

必有一道极速的光，什么时候横空飞来

将它一切为二：一截原地腐化成

土；一截守住一线绿意，伺机东山再起……

我和你并排坐着

时空缩小，缩小到豌豆花那么大
我和你并排坐着——

我和你并排坐在河流纤细的臂弯
坐在云朵小小的船上，长笛轻轻推动帆翼
我和你，和白露
和九十九里深深浅浅的梅花印
并排坐着
和潮声
和鲜红的呼吸，并排坐着

我和你只是并排坐着
时光在我们的额头种植野草，春去秋来——

我们只是并排坐着

暮色中，母亲割稗草归来

暮色中归来。母亲的裤子与路边的
杂草一路相谈：窸窸窣窣地洒了一地。蛙鸣如灯，一盏
一盏地亮了。镰刀目光狡黠，伺机割向月亮

母亲体内的池塘，水在羽化升仙
几条鱼张开嘴
几条泥鳅深潜淤泥，闭门谢客

堰渠、山谷、蚂蟥及水蛇
远远地落在了母亲身后。
母亲的头发蓬乱，如寒冬时节坟头的迎春花
暮色，是一头母兽，而母亲是另一头
——在肉搏着

暮色中，母亲归来。第一脚已是四十年之外的云烟了
现在，母亲用知天命叩响门扉，几根小火把
在母亲两鬓冷不防地就燃了——
白烈烈的：一家人的表情在照射下，那么清晰

《弹响隐秘之光》组诗

镜中人

一面镜子存于无形。每时每刻我都被它劈一为二
镜中，镜外。一面镜子，反射太阳光，灯之光，反射动物之光
植物之光，刚强与柔弱，阴与阳。一面镜子，插入我
如一把钥匙。我举左手，里面为右；我弯曲，里面亦曲
一面镜子，具有时间的烈性
我穿过早晨透明的身体，看见镜中人抡起夜晚
摔打，怒其不争。每时每刻我于镜外
都要忍受千军万马浩浩荡荡地驰过骨骼，大纛在血肉之躯
升起，飘扬。巨禽之爪因头飞去，掠走精神之
腐。但我只能花自飘零水自流：晨起
穿衣，照照镜子，然后，去上班，繁殖
与死亡继续唇亡齿寒

大雪

我要一场大雪，无论春分夏至。我要一场大雪

像一头白狼。万物，因穿戴得过于臃肿而
裸露。我要白狼，从天空深处降临。草木吐词，群山劈开
我要它奔驰，踢踏，目光挂满天涯
我要它抖动，白鹅纷纷，一如大地的惊惧

此中

我一瓣瓣地掰开自己，像花开，像失贞，像闭合
我一滴滴地滴下自己，像绿汁，像决裂，像双手合十

描

他的头发比较深秋，你可以听到落木无边萧萧下
他的面貌比较辽阔，汗珠赛马。你听到桀骜的盛夏在不远处
沸反盈天。他像一截粗木，斜倚
他左手搭在葛洪的肩膀之上，右手从门捷列夫的
乱须之中掏出元素周期表。在他的黑色镜框下，我们
只不过是几支试管，饥饿几近透明

无头之蝇

无头之蝇乱飞。飞在空中，有时间之空
飞在实中，有黑暗之实。无头之蝇乱飞，太多的嫌疑
都是表象，宇宙亦是。它们飞着
一部分无头，一部分连身体都没有，只是一团模糊的概念

在飞

　　无头之蝇飞着，它们替有头之蝇飞着

　　有头，是用来撞击一些极其顽劣的硬物的，例如：约定俗成

　　例如：经验之谈

　　有头，习惯于无头

蚊子问我为什么杀它

　　原因很简单：血缘关系后，我感到

　　痒，不在发生现场

文字劫

　　文字之马在舌头打结，你吐出的战斗机

　　连投几枚炸弹后，被横空飞来的几千只乌鸦

　　击落。声音从字里行间咬出，行至山穷水绝之处

　　变成一把匕首，刺向内心的猴子

　　你，以另一生物，在触摸着身体深处的路线

　　纵者为经，横者为络。你需要杀死一只

　　青蛙，让另一只从千米深井

　　一跃而起。你需要，大口吃肉，大口喝酒

　　行胸臆。谈笑间，任橹自摇

打火石

雨水夤夜偷袭。亿万大军自天庭降落，如陨石般
砸向大地。陆军成形，浩浩荡荡地深化主题
这钢筋混凝土的住所
被一位臂力强劲的大将左右拍打，如落汤之雀
水龙头，流出浊黄的情绪。大地，一片漆黑，连文明之光
也停了。我躺在床上，像一只黑色甲虫
身体，犹似一块打火石。——我掰开来，努力碰击着
力求擦出星火，看见自己

隐兽

可以这样比喻：节气隐于时日，大隐隐于市
而斯兽隐于体内。但我从未见过
有时候，我能明显感到它的目光抬起，盖过我的头顶
甚至淹没古楼的屋檐。它的利爪常常叩响设置于骨骼上的
机关
叛徒殒命。我猜测，它的体表一定覆盖夜色，玄之又玄
它的胃一定空旷，挑食，易患病
当我走向一片喧哗，它就会冲过来，咬向我
不久之后：伤口，在他人身上结痂

夜间飞行

门关着，窗户也关着
黑暗充斥着这百来平方米的房间

一只萤火虫，兀自飞着
它有限的小脑袋能够想象这片神奇的
大地，并在想象的王国里漫游
它在一片黑暗的汪洋之中
小心翼翼地平衡着来自本身的
亮与暗，飞着，飞着——

我满怀敬意地写下这些诗行，希望
它们也能一只接连一只地飞起来

陨石

我必须分出身来：一个
陪你坐在青山绿水间，比画
夜空极其绚烂的流痕
一个独自躺下
等待巨大的凹

有没有这样一朵玫瑰

一朵玫瑰摇曳，宛若罂粟
宛若一朵燃烧的夕阳。靠近，靠近——
你，撕伤你的表皮，如一头野兽

宛然羔羊，你站着。任血流汩汩
任一朵玫瑰如水蛇，在你鲜红的青春里
潜游。产卵。吐出诡谲的信子

一朵玫瑰穿透春夏秋冬
一朵玫瑰，解散花瓣：殷红的子弹。如流星
划过你仰望的夜的星空

你如奴隶，如蚂蚁，如烈火中跳起的檀木
在一朵玫瑰面前，你万里浓雾如遁
长途漫漫啊。你高高举起了你的眺望——

而所谓伊人，宛在水中央

四周静得连笛声都没有

一定，一定有那么一个时刻
四周静得连笛声都没有
你坐在三色石上发呆
忽然，七颗星星出现了
她们呈一字排开，高低起伏
直到旋律将你紧紧围住
直到三色石变成三生石……

打铁

放入炉中不多久
这块铁的身份陡增，仿佛冷若冰霜的
小姐一跃成为权倾一时的君王
——当用铁钳才能请出
这炙手可热、不可一世的霸主
什么都得为它让路，包括肉体
包括精神的塑料
一锤下去，顿时几十万只乌鸦叫喳喳地
乱成一片。再一锤下去
整个宇宙都混沌了，星星迸溅
它得意的样子，仿佛你在用锤子
为它按摩。——你得接连补上几锤
再泼上几瓢冷水，以及识时务
不多时，它就会以你预想的样子
躺在那里，一脸沉默
并且，体温略低于周遭

十年后的抵达

她叫璐璐，六七岁的样子
扎着一对羊角辫。蹲在离我几朵康乃馨的
地方：看我削土豆

几条小金鱼，在她泉水般
澄澈的眼眸里游动。我削完一个
扔进水里。她眼珠随着一动，嘴角开满了豌豆花。

她笑得多么美啊！
仿佛有一大片蓝色的天空出现在眼前
羊角辫变成一对洁白的翅膀，她是一只鸟，在远处

飞着
在有记忆那么远的地方：飞着——
飞着，飞着——

我突然想起十年前我养的那只鹭鸶也叫：

璐璐

后园：我的千年之枯

如果你出现，请俯垂身躯
犹如暮色之魂预言般，在夜空晔明
而现。让星星抹亮你的额头
让三月之柳伸进你的发梢

如果你出现，请将一切交给水上的船夫
扎根，抑或挥动一翅云雾之轻
都不问风声。我的后园

枯，已千年。我早已习惯了
在黑暗中劈开黑暗
在群山之间，寻找一只发光的麋鹿

如果你听见，在空谷
之深，在江湖之远：我的回声
请俯垂身躯，在夜空预言般闪现——

千年之枯，只为一绿
绿即千年，只为一人

纪念：枫

给它八十年的时间，让它
缓慢地落下
像生命的生长一样——

抓周，婚嫁，生子

像背渐渐地驼了。从铺满夕阳的山坡
缓慢地离去——
（轻轻咳嗽，宇宙轻轻地痛）

像秋叶落下来，变成
洁白的雪

在外婆的新坟上

记忆 X2 号

一种形同风的力量将大片的晚霞赶进
我的眼睛。这时，有一个人出现在我的左侧
又仿佛是右侧。一个人穿着蝴蝶的外套
言谈举止间流露出淡淡的液体
一个人骑着一辆自行车，载上花香
遗失的纽扣，载上我
在山的脚下，看细水长流
在桥上，我们花了半分钟停下呼吸，用来细数
鱼的鳞片，大雁的叫声
我们仿佛是亲兄弟，又仿佛是恋人的关系
我们对各自身体的某一部分
有着远胜自己的认知
在狭长的枫树林，风将我们之间吹燃
我看见一只只蜜蜂从他的身体上仓皇离去
他的脸突然翻云覆雨，不可捉摸
我急忙辨认。云在眼中已死去经年

浪啊浪

一朵浪咬住一朵浪的耳朵

一朵浪合并一朵浪

一朵浪借助一朵浪的惯性，凌驾于

一只海鸥之上。一朵浪抛家弃子

远走他乡。一朵浪不可一世，取代了一片海

又被一朵浪割下头颅

一朵浪绽开夕阳，一朵浪平静下来

一朵浪前面是一朵浪

一朵浪后面是一朵浪

一朵浪要花掉一辈子光阴去理解起承转合

晨光

梦，一口逮住了我的背部
锋利的爪子深深地扎进
我的骨头。我奋力挣脱，奋力挣脱，像一个越狱者

这时，床头的闹钟替我喊了一声：痛

阳光

冬天
阳光吞掉一床十斤重的被子
阳光鼓起，软软的，蓬松的，犹如满足

冬天，阳光将我围拢
像护城河雄踞在茫茫的冷与暗之中
阳光是梦里的竹溪，在鄂西北凹凸的大地上幽咽
阳光是白杨树高过了屋顶
屋顶上的炊烟，像田野里的身影
在一望无垠中弯曲
阳光是暖的濡湿的黏黏的失眠
阳光照在血液沸腾的地方，盐站立起来
梦游，呓语
阳光是一条钢鞭，狠狠地抽打
浪子，浪子

阳光是一张吞吐万物的大嘴，吞不下
苦涩的
幸福的　泪

虚拟的女人

服饰有着想象的底色，轮回的
四季充斥着她。从不知名的国度飘来，犹如
梦的始端。在三千丈月色里
她的光，是属于白昼的；在纷乱的战场上
她在抚琴。她是我现代化别墅里
最后一位王妃。她的脚生长玉藕，她的臀部
犹如蛇搔。泉水从她的肌肤下沁出
每一捧都能映出十个春天。
她作为我唯一一位默默的女人
在我的江山映照。我向她放出十头
雄狮，她粉红般迅速地覆盖
我向她涌出浑浊的
洪荒，她没有一声叹息地，拨开晚云。
在绝对的时空中，我所有的情歌，都为她唱响
我所有的泪水与汗水，激情与懈怠
都深刻地指向她，甚至是我那
堕入北风中的告密信……
哦，这虚拟的女人，她是默默的

甚至没有半滴鸟鸣，从不知名的国度飘来
聆听我，配合着我的手势，又雾一般
走进深山。每当夜色消化着
这个世界，我都能准确地将双手放进——
她现实主义的乳房

蛇

动作是极其迅速的，像一条
冰冷的闪电。这条蛇，缠绕着你
如缠绕着一棵发热的树
这条蛇，百般柔媚，它略显粗枝大叶的皮肤贴近你
像一口深不可测的古井，你的温度在投井
自尽。它的寒齿，紧连着你，却并不吞食，亦不放毒。
它只是手握一块犹如渊薮的海绵
你的温度之泉，沁出多少，它就舔多少
它撤离的动作也是极其迅速的，比如：一双大手的突至

晨读练习

他不承认这是在室内
他翻开书页，如同翻过了几座山
黎明时天空泛起的泡沫在他四周起伏
他认为那是早起鸟儿的天籁
或者远游迷途的云，在巍峨的高山上
他放出声音，像发出一阵阵内力深厚的掌
向更高的山峰打去，击起层层海浪
声音，像波纹在无限扩大
在长高，似乎有手可摘星辰
脚能踢五岳的火焰
声音把他打散，犹如宇宙中的石砾
在旋转——
此时，日头东升，云蒸霞蔚
一群又一群的黑鸟从昼与夜的缝隙间飞出
他是其中最接近山的一只
也是声音最丑陋的一只

清晨的阳光照在我的书桌上

清晨的阳光照在我的书桌上
视死如归的人们终于可以搬开黑暗的巨石
走出来，在阳光下
赤裸着身子，在白纸黑字间，游荡
清晨的阳光照在他们的身上
他们的不健全
暴露无遗，他们走过的道路
铺满了遗失的残肢，他们的头顶
凶残的狗咬白了月亮
黑夜的爪子挠着地球之门，乌鸦口吐大梦
在长长的河流里，他们行走
靠着与生俱来的两条触角
当清晨的阳光
像鲜红的呐喊披在他们身上
你可知道——
他们的泪水里瞬间鼓满了多少阳光

有创作欲望的屠夫喻

冲动犹如杀人，檀香刑过于花里胡哨

不如来一把大刀，长九千丈，色泽如光，汲足日月之精华后

往割昏晓的头颅砍去，大地深陷三尺

眼睛看到的过于虚假，不如

眼挂两把匕首，遇到一人，便投匕似箭，刺死一个

昨天的他，并将另一把放在明天之他的脖子上，未雨绸缪

双手过于精巧不行，组装是搞养殖的人的事

须储电十万伏，见谁电谁，化为畜粉

亦不可止。尘土，工业废渣，农药，大豆，宇宙暗物质

及词，均要入胃，并吞下秦岭，渤海，三大河流

金字塔，以生产参天大兽。吃，便是消化；

消化，便是在空中缔造楼阁。众物如猪，刚揎拳捋袖准备动手

突然另一个屠夫从我的身体冲出来，大吼：

哒住！——且看它如何大口吃掉光阴，并且

两只大耳如扇，啪嗒啪嗒地扇来不确定的风啊风

那棵鹅掌楸在大口嚼着月光

黑夜里，我们甚至无法看清

对方皮肤上的纹路，但天空又黑又厚的

掌缝间漏下的星光，我们看见了

黑夜里，我们带着一只烤鸭，一盘长沙臭豆腐

几瓶二锅头，在湖边抵掌而盟

谈笑间我们谁都没有去仔细观察湖畔的

那棵鹅掌楸，它在大口嚼着月光

在天空没有一丝光亮，没有了呼吸的时候

那棵鹅掌楸仍在大口嚼着月光

咯嘣咯嘣的咀嚼声，咕噜咕噜的吞咽声

有时推上我们一掌，但我们谁也没把它放在心上

我们大口嚼着鸭肉，酒精在一开一合中飞溅

地球上的青草用尖尖的头锥我们的屁股

我们的船在交谈中驶出巷口，几块臭豆腐

下肚，我们的船已向深海挺进，海鸟在天空翻飞

鸣叫，但我们谁也没去管那棵鹅掌楸在大口嚼着月光

时光的虫子在我们的脸上南来北往，黑夜里

我们的影子逐渐缩小，从一头猩猩变成了
一只蚂蚁，我们的声音像风一样走下山岗
但我们谁也没有去管水边那棵鹅掌楸在大口嚼着月光

一张大口张开了我

我明显感到骨肉在雪崩，体内的
大地进入地震状态。老鼠逃窜，一头狼
在山峦之巅，嚎叫。草张开翅膀，树在打夯

我明显感到身体的上部被一张口的上颚顶起
身体的下部陷入它的下颚。筋骨绷直，闪电在齿宇间
游走。雷，一锤一锤地砸响空气

一张大口正张开我。我明显感到自己是
一只亡命之鼠。但我绝不允许我充当故事的配角
我拔出体内的时光之剑，命令了一张大口

张开我。顿时，殷红的血液流向土壤之母……

在物质的荒原，在时空的蛮夷之地
一张大口，因为饿，张开了我

空袭

蚊香缭绕。大批的战机
临近，或闯进重防区，嗡嗡撤退
或中途降落。——但你不能
因此掉以轻心。不久又有一批袭来
你感到一阵奇痒，在身上的
某处。欲挠还止。一批批袭来
你不能像动物的尾巴一样
盲目地驱赶。你竖起耳朵，在黑暗里
你的两只手随听到的声音移动——
声东击西，声东击东。对于战斗
你越来越底气十足。一蚊
落身，你感到刺痛，并迅捷地
一巴掌拍下去——死了
你胜利似的弹掉蚊子的尸体
而你的血也渐渐在它死的
地方：凝成血块

海

有时候，海从书页间涌来
他来不及消化。有时候，海从他的两瓣嘴唇间
飞出，像一根锋利的针
——更多的时候，海渐渐浸漫
他的身躯，他的血液
他是一叶帆
在浪涛之间，轻轻地闪着海鸥之白

高楼吹风

站在城市的高楼，吹风

竟感觉浑身的汗毛如良驹，在周身

顺着一个方向奔腾，阳光

是一个小女人，对我绝对三从四德

站在城市高楼上吹风，我就是

君王，没有人对我提出异议

我吹风，就是

我吹风，在一个停滞不前的点上

吹风，吹南去的鸟群

吹它们来自自然的乡音

吹它们羽毛间生存的臭味

它们一群群地穿透我，我就感觉

自己从内部彻底地轻起来

我的脚下山高水长

我的脚下又空无一物

一个女孩去贵州支教

一个女孩去贵州支教
那里信号不畅，我收到她的短信
无字。仅有一头赤麂，在黎明
呦呦而鸣

一个女孩去贵州支教
她说那里，上顿下顿都是土豆
无水。烧着吃。她尽拣
焦糊的吃

——我说那多好啊，要不了多久
她就拥有一个时光之胃，能吃下
更多难以消化的事物
比如：她任教的那个小学
比如：她自己

我又写到了妹妹

紫葡萄的叶子伸进了
夏天，我才写到妹妹。禾苗黄昏了——

一群蚂蚁在咬我的手，我写到了
妹妹，一条绿色的鱼游过来，吻我的皮肤

——一条鱼游了多久，又往哪里去
我不知道的时候就看见一群蚂蚁搬进了竹溪楼

我看见妹妹的韭菜花在红领巾上绽开
五月熟了。螃蟹爬进了铁皮盒

我看见瘦女孩在石榴树下打盹，嘴里嚼着梦里的
糖果——我和石榴树，和螃蟹都不说

我听见笛声在辽远的田野响起
一会儿落成了春雨，一会儿下起了冰雹

我听见背后的呼唤声越来越小
田埂上的影子越来越近啊，却越来越模糊

我看不清的时候，就滴一滴滚烫的太阳
在空中。母亲的头发黄昏了——

我才写到妹妹。一群蚂蚁开始咬我的手
还有一条绿色的小鱼，在吻我

软刀之伤

持刀者就隐藏在你的面前
花环闪烁，你辨别不了任何一朵云是淤泥做的
甚至事发之后，你仍然一头雾水
只是你的手被怀疑的风吹着，不知落向何方
你的心脏在远离人行道
持刀者从不屋前放火，暗箱操作
是他们的惯用伎俩，突然有一天
你背部受敌，鲜血从伤口源源不断地流出
甚至流出肋骨，流出饭粒
你抬起腐烂的额头，车水马龙如一个广场突兀
这时，你含泪指着自己的头颅，并大叫："来吧，
直接给爷爷这儿一刀！来吧！"

雪地，我在打陀螺

九岁生日，下了好大的雪
那长满鹅绒的盐粒铺满记忆，一直蔓延到山的尽头
我从外婆家一回来，便跑到新扫的空地里
打陀螺。雪花，簌簌地落着——
寒冷啃噬着我的皮夹克。我一鞭子一鞭子地抽打陀螺

后来，妈妈喊我回家吃饭……

好多年过去了。以后的生日有时候下着雪
有时候又没有。后来，我去了很多地方，见了很多人
有些有名字的，有些有名字又忘了……
后来的 2012 年 7 月 10 日，外婆去世了

好久没回家了。我在外面行走
忘了停留。自己消化不了自己的时候，妈妈会喊我回家吃
饭吗？
涉世渐深，我越来越承认自己是一个陀螺
在旷无人迹的荒野，被生活的鞭子抽打——

妈妈会喊我回家吃饭吗？

……外婆去世了。我也不寄希望于妈妈了
鞭影，像狼的齿寒在眼眸里
闪电般掠过。痛，在我的血肉之躯上炸开裂痕
我倔强地昂起头——

只要雪飘下来
只要雪，挨我很近，很近……

暴雨

这黑脸的男人，屋后失火，汪洋的苞谷林烧进了愤怒

这黑脸的男人，孩子走失，一万头野牛在他的肌肉上狂奔

这黑脸的男人，不时地咳出几吨轰雷，还擤出又长又白的闪电

这黑脸的男人，他一出现，人类所有的孩子都躲进父母的翅膀中去了

——唯有植物们，张开绿色的思想，等待认领

致武汉

梦里的凤凰，翩然落于珞珈山
挥动一襟江汉平原起舞。哦，我旧时的尼罗河
穿越你，犹如穿越鹰眼九千里的风暴
犹如穿越一个时代的贲门。我在伤痕累累的羽毛上
高歌，在飘之上仰望，在愈合里挣裂
在大雨滂沱的十月，抵达
哦，我昔日的情人
此时，我是一条无路可去的铁轨，在你的心脏上
站立。此时，千湖是眸，长泪逆流

一只猫死在食堂门口

一只猫死在食堂门口
这足以令一天的时光竖起汗毛
一只猫我昨天还见到它
蹲在食堂门口，发出让人心痛的楚楚之声
人们经过它的时候，
从饭盒里挑些肉类投给它
一只猫有着与生俱来的捕鼠技能
还有着洗脸的好习惯，却死在
食堂门口，这足以令每一个心存悲悯的人
每一个走出食堂的人一天吃不下饭
一只消化不了嗟来之食的猫
在食堂门口待久了，终究会死在那里

一棵树站在我的梦中

一棵树站在我的梦中，我无法看清
它的容貌；它的身影让我想起了谁又不知是谁

一棵树站在我的梦中，一部分叶子
有着人的脸型：父亲，童年的伙伴，以及我……

还有的叶子，刻着各种地名：黄石头，巴颜喀拉山
古希腊……还有一部分脸，在风中走失

一棵树站在我的梦中，无论是白昼还是夜晚
下雨时看着我，阳光灿烂时看着我

一棵树站在我的梦中，无论我走到哪里
它都在一个适当的位置看着我

一棵树站在我的梦中，让我不再发抖
一棵树，让我的梦长出了前额

回声

他放出的鹰，振翅九千里而不息
在死一般的夜里，坚持用利喙叩响幽冥之门
九千里的雪花，唯有少数几朵能听懂海
在从太阳那里借来的光里，天空偶尔刺亮了它
让他看见山的脸擦破的痕迹

三棵白杨树

三棵白杨树，一矮一胖一瘦
站在我的窗前，枝叶伸进了季节的胳肢窝

三棵白杨树偶尔跃进屋内，把我的被子从梦中掀开
三棵白杨树不断重复着饥饿

三棵白杨树，矮的头发里藏了一窝绿色的
鸟蛋，瘦的屁股上有一个十厘米的脚印，胖的不发一言

三棵白杨树，要寻找一张明信片
三棵白杨树，要在我的身体里寻找一张明信片

三棵白杨树，一棵在攀登我脖子上隆起的
山峰，一棵迷失于丛林深处，一棵在疯狂地掉叶子

三棵白杨树，自始至终忘了它们的死
在一次又一次的砍伐之中

独行

我看到千百个我从身体之内走出
躺下之后，变成千百条路，向四方奔腾而去
我看到路两侧的树长有双脚，一棵桑树跑向一棵
椿树，一棵椿树冲向一棵桃树
我看到喜鹊张开乌鸦的嘴，咿咿呀呀念着咒语
一棵柞树是它独有的魔力拐杖
我看到天空飘满了羽毛，羽毛之中没有一只鸟
我看到河流擅闯领空，穿上一条花裤，卑躬屈膝
我看到一只蚂蚁和千百只蚂蚁分别进攻
一头大象，双方各胜了一场
我看到一头狮子吞下一群狮子，又吐出一片草原
我看到路是清心寡欲的水铺成的
我唯一看不到路上的那个人，也在努力看着我

流年

六岁，他揭开身体，去迎接

异乡的大雨。十岁，他还弄不懂

别人的气球上升，而他的下沉

十五岁，他突然感到骨头拔高了一截

十六岁，他被城市里横空飞来的一滴悲伤

击落。之后，他爱上了九十度

十八岁，他的下身迅速张开，欲图含住一颗樱桃

十九岁半，他习惯上深夜的猫嚎，并参与其中

二十岁，他流走灯芯，直到二十一岁零

一个月时，灯芯才贸然入海

他完全承认自己这个儿子是在二十二岁生日

也就是完成这段文字的前一天

轮回

关于家谱，我看见母亲日渐起皱的皮肤上
外婆迈着极为细腻的步子。田垄纵横于季节
我看见外婆的脸在母亲的脸上
浮沉。两朵磷火时明时暗
两股麻绳越拧越紧——哦，关于生死
我终于肯放下身来，去安置体内的祖父

书架底层，兼致林柏松

时空的渊薮，狂澜忍住

听脚步声由远及近，大雨落平生

呼啸的风在此麇集——

这是在北方，成也大雪败也大雪的地域

河流跌宕在辽阔的疆土

河流是黄河，河流是汨罗江

河流流过龙王的府邸，让一个时代的抒情

在底层蒙尘，这是谁的疏忽？

爱在痛之上构建，痛是来自天堂和地狱的呼喊声

伟大的歌者从来不会被埋没

伟岸的山傲然于天地，让宇宙孤独

白云发现不了，是雷震伤了它的耳朵

请别哭泣，泪水便是这片土地的

雨水：白云的泪水，若干年后雷的泪水

这片播种种子收割金黄头颅的沃土

耕牛勤勉，时间委于一隅发酵

风像一头蓄势待发的狮子，揣摩着青草

风，吹着这时空底层的婴儿
让由远及近的脚步声，每天拽住耳朵
只是门，只是门何时叩响？

远游者

远游者
并不关心路伸向何方
他的全部精力汇聚在脚端
只要在摆动
他就能看清自己的面庞

远游者，从不带相机，越野车，以及帐篷

他在苹果上行走
编造神话，播种科学的种子
乐于在大山的青衣上
发现海，跟踪鸟飞过的痕迹

而在广阔的海面
远游者开垦荒地，种植草药
他的一条腿涂满白天
一条腿涂满黑夜，只要在摆动

只要在摆动——

他就不会一无所有
他就不会担心：远，其实并不远

饮酒者

几碗清风白月
下肚，老虎从喉咙蹿出
跳到他的额头，指责夕阳
晚霞惭愧了数顷

指粗的藤迅速缠住他的脖颈
他的太阳穴
世界醉了

他走一步
世界一个踉跄
他走一步
世界一个踉跄
世界，像一个没有骨头的球

没有什么比醉更清醒了
他瘫在路上——

等待与一列火车，分庭抗礼

待到春天沸腾时，我愿死去

我要化为一块经冬的寒冰
默立于南方的山脉，我要面向每天的朝暾
滴下我的卑微、旧梦与恐慌

我要在春天沸腾的时候，举竿垂钓
看万千朵芬芳，身披彩衣，被时令浮出
水面，敞开一道道含珠带露的柔光

天地自有大美，人事何其邈邈
当春天之水注入生命，并以浪头的形式
涌向气势磅礴的大海，我要

像一条崎岖的小径伸进山的腹地
像一只终于告别了喧嚣的紫鸟，筑巢于
山高林密，生下一枚枚羞涩的蛋

我要在春天沸腾时，即刻死去
腐烂，在广袤的大地垒成一方浅浅的坟茔
上面开出粉红色的花，独对苍天

画虎

它扑到纸张的前沿，低声怒吼
浑身的金边黄杨摇落一地季节的喧响
它扬起锋利的爪子，对准
一个时代
高傲的头颅轰然倒下
——在纸上，雪的羽毛越飞越大
湮没了它的牙齿以及
齿缝间的碎鹿肉

昔日之歌

——给 2013 中国·星星大学生诗歌夏令营的营员

时光在最美妙的时候
为我们添上双翼，让我们飞在秋天与三叶草
的山径。风是飞扬的，紫色的
海还在远方。我们顺着大山的胳膊
一路小跑，在每一个山头
放出一只雄鹰，或者一只灰雀
云是轻松的，洁白的
海还在远方。我们在五月的
稻田，描述绿色的童话。枫叶替我们
泛出羞赧。我们
在每一个夜晚步行
梦想着灯光，星星于我们头顶闪现
我们在蒲公英的指引下
收紧身子，抵达一条河流
水是澄清的，流动的，海还在远方
我们拾捡贝壳，和水草对话
一条河流从我们体内静静流淌

我们能摸到的小白鱼
是欢愉的，内敛的，我们在歌声中行走
一条河流从我们体内
静静流淌……多少年后，当我们重温起
这段时光，哦，青春——
是美妙的，易逝的，海还在远方

写在 2013 年 9 月 11 日

三年前的这一天

我们也是如此到来：拖着

大皮箱和意犹未尽的梦想，在车肚子里

翻滚一遭，吐出来——在四季不明的武汉

投下由于挪动而带伤的主根

S 形大道两旁的香樟

以绝对迥异的身姿举手默立，印在条形横幅上的

宋体，像一针针兴奋剂，不断地

向我们注入大剂量的新鲜

三年前，学长学姐是一座座矿藏，我们紧跟其后，找准时机

秘密盗宝，三年前，一切事物如一张白纸

铺在我们面前，任我们尽情挥洒

时光在我们身体留有余地，青春痘稀疏

半亩方塘尚未填平，澄澈与浑浊

清晰可辨，三年前，从北区到南区的路程那么漫长

胳膊的酸都叫出声了，行李与住处仍遥遥相望

三年前的这一天，我们怎么也没料到

三年后的这一天，我们会站在四楼的窗前，伸长了脖子

三年前的这一天，我们还不知道黄家湖的风何等暴烈
轻轻一吹，就把他们吹成了我们
把我们吹向了——社会

《如果可以，我们一起去流浪吧》组诗

天空之城

我要你摇响蒲公英，我要你
穿着紫色，跳舞。我们坐在一朵白云上
数星星

风之谷

风很大吧
请再给我几斤分贝
我附近溪流的耳旁说百合
说蒹葭说白露。你说，风很大吧
"嗯，我喜欢你的白裙子"
你低下头
说：风很暖和

秦时明月

左边的城堡叫非攻，右边的村庄叫
墨眉。安徒生放飞了夜莺，白天飞过叫朱雀
夜晚飞过是小跖
你叫月儿，我叫天明。我从不叫你
姬如千泷

千与千寻

也许，等到我们发鬓斑斑了
我才愿意我是一条白龙
驮着你，访问着
彩霞。去梦中
请她出现：你惊讶地叫她小千
她惊讶地称你千
寻

草房子

你浣衣西沙，兰浸溪；我带月锄归
沐青衣。你豢养鸡鹅，我挑水、采茶、打桑叶
并在你的发梢别一朵小栀子
我们住进用秋天的色彩搭建的小房子

我们的儿子就叫半夏吧！
我们的女儿美丽得叫不出来

哈尔的移动城堡

燕尾服，红蝴蝶。我喜欢你潇洒地
一挥。如果我是魔术师，你是
木偶。我宁愿你淘气地荡开我的颐指气使
从水中采一捧星星
从我的面颊一闪而过，比如
开一朵虞美人

再见，萤火虫

假如，流水一意孤行
那么，就赐予我一棵山楂树吧！侬坐青叶头
君坐青叶尾。那么，就让我
为你哼一支小调，请将泪水打散成花——
好让萤火虫听见

猜公主

月光很慢，坐下来——
念诗，你听

小火车

亲爱的，我决定在你的手掌上画一列
小火车，可爱的样子像极了你的笑。我们背对背，坐在
里面，均匀地呼出彩色气球。即使驶进未知
也不怕

某版陶笛

种子是淡蓝色的。再撒上泥土，浇几两耐心
以及小烂漫。我们的树要像时间那么高，要像音乐
那么茂盛。我们像鸟儿一样栖息枝头
吹起去年的曲子

亲爱的梨花卷

我要花掉一夜的光阴，种一棵合欢
在路口。你骑着单车缓缓地，从梦中驶向黎明
扭头，看见那迎风跳跃的
思念
挂满枝头

我从不轻易为你吐出泡泡

我们踩在极薄的冰上，呼吸
阳光的七个小公主。在她们迷人的眼眸里，穿上
雪花——飞呀飞，飞呀飞——
成人的童话里
没有白马。要住，就在一条溪涧旁
住下。要骗，就要骗你
一生

灵 魂 发 汗

雨都说快晴了

不说雨淅淅沥沥地下。

不说你，撑柄花雨伞，独立桥头。

不说你踮起脚尖的黄昏。不说油画、竹亭、夕池和脚踏车。

——至于雪落的时候看瘦树，风吹的时候采棉花，也不说了吧。

我从十层高楼俯冲下来，我闪电般狂驰在雨水充盈的城。终于，在荷花起飞的前一刻，我站在了桥的另一头。

一样的，什么我也不说，什么我也不能说。

——那我们就重温起初次的对视吧。

因为，雨都说快晴了。

因为雨都说：快晴了。

一九五八与一九六五

一九五八年出生的人，到现在应是成家的年龄了。捕鱼的成为打假家，穿墙的成为企业家，挖地的成为文学家。孔子曰："五十而知天命。"父亲唯一能破的天机便是：他一辈子都不能拔下雄鹰的一根羽毛。他赶上了五九饥荒、"文革"，却赶不上高考。一把星星洒降下来，他抓住的是肠炎、肝炎。他的口头禅是：没见过鹰飞，也没见过鹰自拔羽毛。

四十七岁的母亲，牙齿整整痛了四十年。十一岁背着一岁的侄女去听先生讲课，同学们叽里呱啦地背毛主席语录，她叽里呱啦地牙痛。十六岁，漫山遍野的竹笋猪草被她掰着，打着。她的牙，痛着。十八岁，有人在对岸唱情歌，漫山遍野的映山红比她的脸预先红了。她的牙，痛着。

一九五八与一九六五是一条并行不悖的田埂路。路上除了风，什么也没有；路上的儿子，是草，青的。

颅骨灯盏

点一盏灯于颅骨——

看一看盘根错节的思维之藤，缠绕着什么；看一看视味听嗅触像条条胳膊，挽着我们到哪儿去；看一看我们的脸部挤出什么样的表情；看一看我们的胃里究竟充斥何物；看一看舌苔之下的寄生虫，像肾脏中的结石，有多么坚不可摧……

点一盏灯于颅骨，像磷火，看一看死后在何处被引燃？

动物世界

　　豪猪死死抓住了半截麋鹿角。胡狼大啖刚捕的幼角马。海胆在水中与刺猬暗自通信，张开各自的刺。猎豹卧在枝干上，吟哦夕阳。雄鸡跳舞，母鸡抱窝。犀牛顶撞大树。雌猩猩杀死了十个幼崽。鳄鱼潜伏河中，等待迁徙的牛羚。一只白鹭咬住了另外一只白鹭的脖子。蚂蚁行色匆匆。威德尔海豹散落在火山海滩上。绿海龟在海水里翱翔。蛇，谨慎地穿过公路。年老体衰的棕熊对准人类的镜头……

　　眼神：它消化了一辈子的食物。

城市蝴蝶

　　这随时随地可见的蝴蝶，在城市飞成了一种概念。人们在报纸上读过它，在镜子中端详过它，在北风中吮吸过它，又在记忆中冷却了它。

　　这城市的蝴蝶，两翼映着小桥流水，映着炊烟袅袅：一望无际的田野随着时间的指挥，唱出颜色各异的歌谣。这城市的高楼与喷泉，十字路口与超级市场，散发出它细若游丝的气味。它在宛若湍流的车辆之间，躲避着命运的拍打。在雨水滂沱中，拒绝着闪电冰冷的审判。

　　有时候它飞在街头，它的悲伤，突然像街灯一样昏暗地亮了。

山羊

每当我摇响忆之树，一只山羊便款款而来
它踩着细细长长的小径，从雾里，从歌谣里——

蹑着碎步。每当我想起那些伙伴，那些熟悉的场景
一只山羊便从天空落下

款款的，像九月的枫叶，像异域的萨克斯……

每当我望着蔚蓝的大海
一只山羊：它的左眼便流出一滴滴晶状的泪水
它的右眼开出一朵朵斑斓的花儿

每当我摇响忆之树，一只山羊便款款而来

有关梦，母亲或我在与一头野兽肉搏

时光突然刹住，变得尖硬，像一把凿子。

时光，是一块硕大的金刚石——

我在内部，与一头野兽肉搏。

我不知道我们身在何处，亦不知这种斗争要持续多久。

这头野兽在我面前，我看不清它的容貌，听不到它的声音。

我们紧紧锁住了对方，如同几千年的藤缠住了藤。搏斗进入僵持，像屹立于针尖上的斗士和雄狮。风，吹不动空气，吹不动草木。

时光，嘀嗒嘀嗒。

时光的凿子，在我的身躯上敲击。皮肉层层绽开。我像是在完成一次分娩。巨大的痛，嘀嗒嘀嗒……

哦，我的母亲！

夜晚，是一张纸

我将它拧成团，检验它的韧性。

我将它全力掷出，看它能否获得第二宇宙速度。

我将它撕碎，撒开，天空便有了星星。

我在它上面画一个桃红色的女人，欲望犹如地雷炸开。

我在上面画一把锁——这把锁紧锁着一个箱子。我不敢走近，仿佛我一直在里面生活与操作，不曾出来。

我在上面画一个广场。驻足广场，我大吼一声，没有人理睬我。跳舞的跳舞，唱歌的唱歌。失眠，像毽子一样，被人们变着花样踢玩。梦游的人和梦游的人相见，格外亲热，像一半翅膀遇到了另外一半翅膀。呼噜声，如同上升的热气球。

我在上面画一面镜子，成像的总不是我。

夜晚，是一张纸。

我将它叠成飞机，在夜阑人静的时候放飞——

灵魂发汗

有没有这样一种事物？

它博大、深邃，像雄鹰盘桓于高空，又像雾一般没有渊源；它简洁、易变，犹如太极。它有力的爪子牢牢抓住一些事物，又让一些事物流走，如沙。它动物般的螯针，在你不经意的时候，刺进你的精神，并注入毒液，让你潜下心来，繁殖罂粟，一半用于制药，一半用于蛊惑。它水一般静静流淌，向着低处，更低处流淌：在那里，太阳永远无法抵达——

而你有没有这样一个时刻？你突然觉得自己是多余的，丑陋不堪的。你的衣服减去，你的身高一寸寸砍掉。一场大火于你心里蔓延，你的皮肤，钻出黄豆大的汗珠，像刚出窝的鸟儿，向着远处，更远处飞去。你的呼吸静止，心跳静止，你像窗台上的一盆仙人球，回到了气泡的前身，在冥冥之中，上升，又下沉：托起你的除了一捧虚无，还有什么？

星期天笔记

1. 天气

阳光明媚。风：练习太极拳。

2. 睡懒觉

早餐与中餐比翼而飞。送餐的女人，单薄，干瘦，驮在电动车上，宛然马背之上的复眼苍蝇。

3. 春天，花开了

迎春花葱茏如蟒，盘绕在知行大道两侧的石壁上。粉黄色：假象。广玉兰的肩上，几十只白鹤振翅欲飞。檵木的脸，笑开了裂，一条一条的，疏懒地耷拉着。

4. 路经图书馆

伟大的刽子手，从不砍头，他沉默地屹立于路边。
我按住水中浮起的动物残尸，打他身旁而过，不敢高声语。

5. 在旧书摊看书

翻开第一页，一只蚂蚁在字里行间打着圈，细小的触角，机灵地探试着。翻开第二页，又来了一只。翻开第三页，一群蚂蚁打转。

我合上书，放回原处，像一只蚂蚁回到了蚁穴。

6. 等公交

时光突然发烫，烙人。

7. 与朋友追忆往事，谈笑风生，而话锋指向了当下

那时，我们种下了一棵树，不知叫什么名字；那时，我们在树下吃光阴爆米花。而什么时候，我们到河里洗澡，被流水冲走。自此以后，我们错过了那棵树的青春痘时期、初恋时期，而现在，我们即将被现实重新种植，例如：明年毕业，我们将被拆解，投入急遽的旋涡，测试肢体的整合度。

8. 关于所谈话题的几点补充

上学十几载：揭开桶盖，灌入上流的洪荒。

爱情：两只豪猪穿上衣服，近身取暖。

我们：强大的气流，拍打。练习吐纳之术。百斤力量担起千斤重物。左一脚，右一脚。不知深浅。鼻龙头。骨质疏松。白纸：缩在身后。

9. 湘鄂情菜馆

一盘土豆片炒肉。一盘蚝油生菜。两瓶啤酒。

进餐人：我，另一人不确定。

10. 夜市

乘着夜色，我叫了一声：啊，原来我缺那么多东西！——一根尖尖的锥子戳进我的肉里——我又叫了一声。

11. 偶进网吧

一扇窗打开。在有一些人眼里是门，他们出去了；而在另一些人眼里，它仅仅是一扇窗子，而且是安装了防盗网的窗子。如是而已。

12. 回寝室的路上

晚风：冰凉的舌头。

明天，星期一。明天，继续保持张嘴，啃咬太阳。

女人印象二则

一

背似镰刀。高，矮于餐桌。

褴褛的岁月，泼一身。围裙，由油渍草灰以及盐粒拼合而成。

一双手像黑土一样肥沃，一脚踏下去，即生稗草数棵。嘴上涂满绿色，廉价，粗俗，即便春风不吹，也生。

在周而复始的黑夜，用咳嗽声，敲击生活的瘀血；用半睡半醒，盖上掀开的被褥。

没有严格意义的白天。

默默的。

微小的。

无论何时，无论何地，你步之所及，总能听到一泓清泉流至脚踝而溯洄，汩汩有声。

二

狐，花的。

目光狡黠。皮毛闪烁十万蝶之彩，一舉一蹩间金鱼游走。

或微风弹柳，吴侬软语。或狂风大作，电闪雷鸣。于暗暗深夜钩开眼皮，看见舞姿曼妙，然后撒盐一把。于卷浪千丈时突然离去，撕一块破云，覆盖头顶。

你心头，落字一枚——

咬。

与一条黑狗结下梁子之后

　　……我变得惴惴不安，仿佛有十台发动机同时在我体内弹蹦、高歌。天空，露出锋利的牙齿。草木皆兵。我的味蕾变得迟钝，我的耳旁，那条黑狗得意的坏笑，像一根根针，锥扎耳膜。在无数个夜里，我梦见一条狗，一条同夜晚一样黑的狗，追赶着我，我俯身，荡开黏稠的夜，我捡起拳头大的石头，朝它扔去——这丝毫没有影响到它。它紧跟着我，不时地冲上来，撕咬我小腿肚上的肉，并在那里留下涎液……大快朵颐之后，它又紧跟着我……渐渐地，我分不清白天黑夜。我的神经，宛然入秋的藤蔓，乱成一团。我不敢步入那个巷口，我担心那条黑狗再一次向我鼓起它粗壮的肌肉，以及它身后烈焰般的势力——即便它不出现，我也会担心当我走进巷子，石块会无缘无故地朝我飞来，地上会吐出钢钉，黄猫也会朝我喷口水……那是它的地盘。我必须严加看管我的嘴巴，以防内奸……这是那些手提大包小包的人不曾有的，这是那些与黑狗沾亲带故的人不曾有的……与一条黑狗结下梁子之后，我变得惴惴不安，吐词不清，唯唯诺诺……每当我经过一个巷口，我的心脏就像被谁一拳击来，而我的手，也像缺少了什么似的，空荡荡的，空荡荡的……

昙华林校区速记

树，苍翠，如巨鸟之翼
路，被赶路人踢进历史，曲曲折折。弧
举步务必谨慎，或恐楼宇之下的尸体复活。责问死之缘由

教学楼隐于繁复的植被
左一栋叫背阔肌，右一栋是桡骨
食堂为水，前门属金

墙壁斑驳
顺手撕一块下来：红黄隐隐。濡脉。喃喃独语，细听之，犹
似在言"升者引之以咸寒，则沉而直达下焦；沉者引之以酒，则
浮而上之颠顶。"再听之，又仿若与人交谈，咿咿呀呀，捕之
不得
　　——不敢扔进草丛，恐惊重楼，抑或麦冬

学生，似鸟
栖息于林翳间。孵蛋。啄食。远离巢穴
斗嘴严重

入图书馆
教授严厉，一边嘱咐要快要快要快。时间不多矣
一边捧着一本大书，逐字研习——

毫无紧迫之感

如若尘世没有哀鸣

如若月亮不再反射；
如若星星，星星嬗变为万千个绿莹莹的瞳孔——

短松山冈。

良顺一如大地脏腑的猫们，拖着飘轻的躯体，游荡在玉米地，在烟熏黑的房梁。扯直每一根纤细的柔肠为弦，在千百个姓氏的屋前门后，在梦与梦的边缘，浸出悲恸的音鸣，像一粒粒透彻泪水的纽扣，滑落人间。

如若尘世仅仅只是一件众生与共的华袍，那么它们又在哭泣着什么？

致菜市场看书的女孩

语言的风暴在此麇集——

那些开一辆桑塔纳载来的西装革履般棱棱正正的语言；那些一双人字拖吧唧吧唧咬出钢筋水泥般粗粗野野的语言；那些自北方挟来，犹如悬冰万丈的语言；那些自南方流来，水灵灵惹人垂津的语言……像十万条湍流，从四方八方，跌宕而来。

——这并没有影响到你。小小的生物，在昏黄的灯光下。

你将繁盛的根扎进文字的世界。你的静，像一片片叶子，将你摇亮。

十万条河流，犹如十万只多嘴之鸟。于你的周围，弥漫硝烟。那些语言的子弹，发出——犹如一道道冰凉的闪电，撕开天宇。一面旗子倒下了，立马便有另一面旗子飘摇。一个地方出现裂隙，瞬间便有后来者堵上。仿若以物质滋养的文明不死，这语言的风暴就不会兵戈停息。

——这并没有影响到你。小小的生物，在昏黄的灯光下。

你的亮，在一波波地扩大——

　　我看见一只苍蝇在离你十米之处，突然毙命，并顺着石柱流下来，触地，化为一摊泥浆。

当墨迹变成了铅字

流放的孩子，

此刻，你衣衫整齐地站在我的面前，所有的濡湿已风尽。

我打散你的肉身，从骨孔里瞥见了你——

流放的孩子，这是我最后一次这么称呼你。

命运让你重获生命，无论早产抑或畸变，我和你再无瓜葛。你仅仅属于你。在尘土漫飞的河流，你要努力成为一棵草，始终流动着绿色的血液。生于天地间，或挺拔如松，或焚身为土，你应该和风和天气握手言和。

但有一点你要记住。你的嘴要时时刻刻张开，准备迎接任何人向你投来的食物。你的胃要足够坚强。你的脸要永葆绿色，无论多少拳头向你挥来，你都要面向太阳。你要有足够的韧性，哪怕被牙齿反复咀嚼，被时间的锤子抡打。

流放的孩子，

这是我最后一次充当你的父亲。自此以后，你将只有母亲。自此以后，如果你感到孤寂、空虚，请伸伸手——在每一个呼吸浮动的地方，你都能找得到她。

切片

　　教授指着文献的某一密集处说，吃掉这，你们将荣华一生。

　　我循迹看去，几条野狗正在啃咬一块骨头，还有几条正往那儿赶去，不远处一头花豹露出齿寒。沉郁的天空布满荆棘。天地交界处，一场大火正在蔓延。野狗们迫切地咬着那块骨头，啃了很久毫无成效，它们换成舌头舐舐，利用肉刺刮下残存的肉末，它们显得急迫，恐慌，后来它们开始互相厮杀，但又都不愿放弃那块骨头，从而显得有些力不从心，左支右绌。——花豹快近了。天空也燃烧起来，红彤彤的，在它们头顶，似乎有烧掉一切的趋势。

一半是树，一半是鹰

一棵树还是不知如何才能飞翔。

它碰见了鹰。

鹰说："你无法理解目之所及除了茫茫还是茫茫的永远飞不完的寂寞、轻浮和双重的自己。"

"你不能无视一个愈想挣脱却愈陷愈深的厚实之心"——树反驳道。

一棵树终于选择在黄昏：

它繁盛的叶子收拢，振动，一半伸进了污浊的夜，一半在光线下明晰……它飞起来了，虽然有些失衡。

症，及方

　　还搞不明白寒号鸟亦不知名字的君王戾气的学生有一天突然喜欢上"五灵脂"这几个字，他的网名换成"五灵脂"，他的QQ空间改为"五灵脂之乡"，他深深地爱上了和手掌有着莫大渊源的数字"五"，他深深地爱着灵气的"灵"，以及似乎只有在神话中才出现的丹药般的"脂"，有一天参观中药材标本馆，他怔住了——

　　五灵脂：复齿鼯鼠的粪便。

人工湖

陷进去。

接受电，接受导体，接受从一个世纪吹向另一个世纪的强大飓风。接受一把卷尺。一个塑料瓶。

接受不死的摩尔根。

高大的杜仲在它身旁，吐丝。

杨柳绾一盘头发进去。

几碟脑充血的睡莲。几只野鸭。十里之遥，化工厂举起白烟直冒的国王的脖颈——

当我陷进去，

当我俯身趴到它的框沿，两个我：一个在里面默默流泪；一个借助泪水的印鉴，照见了我。

Part 05

第五辑

回　声

诗歌：在河里闪着银子的光

——读敖运涛诗集《缚纸飞行》

卢山

　　我一直认为诗歌写作者分为两种类型：一种是多产型的。他勤学苦练，笔耕不辍，动不动就拿出"最新力作"，对诗歌活动现场寸步不离；但他写得四平八稳，让人记不住一首诗歌的名字。另一种是才子型的。天马行空，奇绝飘逸，他桀骜不驯，清高自傲，对于写作有历史的抱负，对于朋友有近似洁癖的选择。他可能大部分时间沉默寡言，刻意远离诗歌现场，但是一旦利剑出鞘，就是一鸣惊人。这类诗人比如兰波和海子。

　　青年诗人敖运涛在努力成为后一种类型的写作者。"明晃晃的才华像一颗颗珍珠降落人间"（《如注》），作为一个少年成名的诗人，他青春不羁，才华横溢，在一条空无一人的天路上一路狂奔，用一支笔开疆拓土，砸开生活和命运的大门。"捉不住的词/是河豚——在河里闪着银子的光"（《宿命》），像江水里的河豚，他在诗歌里恣意畅游，光芒万丈。对于他在来杭之前的书生意气般的壮丽生活，我不甚了解，只是后来耳闻罢了。虚长几岁，作为同时代的写作者，我很遗憾没能参与他曾经的青春时代与黄金时代。

青春：一万匹骏马从体内呼啸而出

流水高山心自知。几年前我与运涛一见如故，相聊甚欢，仿佛我们拥有共同的青春经历，可能大体上我们也是同一类人的缘故吧。而后对他的诗歌有了进一步的了解，比如这首《名器》就技惊四座。

我有一把利剑
藏于体内，数年不用已斑斑
有时候，它是木讷少言的留守少年
独坐黄昏，看墙头的鸢尾
伸出饥饿的舌头
有时候，它是衣衫不整落魄不堪的流浪汉
在深夜酗酒，然后将空瓶狠狠摔向
长长的街巷
当然，在更多的时候，它就是一把利剑
悬挂在那里，口吐灼人的目光

一个诗人对于写作对象、题材和意象的选择，就代表了他诗歌的美学追求和内在的心性。运涛是才子型的写作，对于他诗歌的写法我不再赘述，引述整首诗歌就是为了让读者从整体上去感受运涛诗歌里这种孤绝、悲壮的气场。他的写作是那种词语高速运转、一气呵成、飞流直下的，"它就是一把利剑/悬挂在那里，口吐灼人的目光"，这就是敖运涛！

　　诗人刘川说，敖运涛走的不是通过简化能指而至于本质的口语写作，而是通过立象、比喻增加能指来达到丰富认知的修辞路径。我认为这是一种面向难度的才子型的写作，因为语言的象征、修辞以及诗歌场域的大开大合，无不是以诗人自身的才情为铺垫和基础的。

　　来看他的这些诗句："我饮尽那片鸟鸣/仿佛饮尽那欢跳在树杈间的露珠/抖落的毛羽，以及那长长的坚硬的喙"（《清晨，路过一片树林》），"悠扬的蝉声是一条比光阴还要悠长的/丝绸，一整个下午/我都躺在上面来回地/荡秋千"（《夏日》），"夜晚，是一只巨大的老虎/每当我夜不能寐，它就驮着我/漫游在嶙峋的尘世"（《夜晚，是一只巨大的老虎》）。诸如此类的诗句在这本诗集里俯拾皆是，让人爱不释手、颇为惊叹。他对词语和意象精练的排兵布阵，对生活场景敏感的认知和艺术化的处理，对诗歌推进力度的游刃有余的把控，都彰显了他奔突的诗歌热血和才情。

大雪

我要一场大雪，无论春分夏至。我要一场大雪
像一头白狼。万物，因穿戴得过于臃肿而
裸露。我要白狼，从天空深处降临。草木吐词，群山劈开
我要它奔驰，踢踏，目光挂满天涯
我要它抖动，白鹅纷纷，一如大地的惊惧

　　这首诗是典型的敖运涛式的写作。他对诗歌布局的充分把控，运用极致的想象力，通过一系列意象的巧妙组合，构造出狼

群奔腾般的语言张力和白雪茫茫的艺术效应。相对语言的精妙，我更欣赏他诗歌里扑面而来的一股书生意气的力量和气息。对一个写作者而言，写作的气息实在是太重要了。这种"气息"是写作风格，是人格在作品的呈现，是值得我们一生孜孜不倦寻求和建构的家园。我们可以从语言的气息里，看透一个诗人的灵魂状态，以及他全部的生存场域属性。气息在，诗歌就在，人就在。运涛有一部分诗歌的主题是面向虚无的，是追问生存终极意义的，语言大开大合，气场凌厉逼人。

"是谁手执闪电在金黄色的/天空中抽打我们？虚度了一季时光的/蚁族——那碌碌的劳动者用前螯/撬开老橡树尘封已久的秘密"（《惊蛰之诗》）。莫里斯·布朗肖在《文学空间》中写道："写作，就是去肯定有着诱惑力威胁的孤独，就是投身于时间不在场的冒险中去。"诗人以智识来引导幻想，对现实和逻辑常识秩序及情感常规秩序的颠覆，对语言的律动力量的操作，让诗歌呈现犹疑、尖锐和迷茫的特性。这种清澈的叙事与高贵的抒情无不显示出生命天宇的澄澈与清晰，显示出生命理性的高贵与深广。在这个文化圈油腻喧哗的时代，才子型的诗人是极具魅力的，他在词语间奔突腾转，创造了一座座诗意的高峰。可以说青春的运涛是一把利剑，所向披靡，光芒万丈，"口吐灼人的目光"！

硬汉：我被生活打掉牙的牙床又长出新牙

大概是 2018 年的新湖畔组织的一次诗会上，我与运涛相识。当晚他朗诵了《出租屋内的檐龙》，诗歌的大致内容是他毕业后在广东谋生，某晚应酬醉酒之后回到 18 层高楼的出租屋，忽然看见了一只檐龙（即壁虎，潮汕方言）："我的四脚兄弟，/你我素昧平生，却在粤东/一幢十八层高楼相遇。"他惊异于这奇怪的遇见，"总之，我们相遇了——在这/十多平方米的出租屋内，一起生活了数月"。

初出象牙塔的诗人在灯红酒绿的大都市谋生，为了订单和业务强颜欢笑、推杯换盏，只有在回到城市角落里的出租屋里才能卸下伪装，做回真我。此刻，一只突然闯入的壁虎给他困倦无趣的生活带来了慰藉，仿佛是患难与共的亲人和兄弟，"你我萍水相逢，即是朋友/共处一室，便是亲人"。同是天涯沦落人，相逢何必曾相识，一只壁虎拯救了诗人！在那个夜晚，他们是命运共同体！

"而你，却日渐消瘦了/我的四脚兄弟，谢谢你！/每晚我拖着一身酒气，回到屋/埋头就睡——是你，在黑夜/如时出现，替我巡视着/这可爱的人间。"总有一种力量让我们热泪盈眶。"但有危险的地方，也有拯救生长"（荷尔德林），有时候拯救人类的只需要一棵草，一只壁虎，一首诗而已。才华横溢的青年诗人，投入烟火人间的时候，才发现生活可比写一首诗难多了。与一只壁虎的对话，完成了某种程度上的自我拯救，于是乎这仍然是"可爱的人间"。他在另外一首诗里这样写道，"夜深人静，万物睡去/一盏青灯之下。狼毫挥洒，波浪汹涌/一头头饥饿的夜色之狼被远远挡在石屋之外"（《在温岭，我要一间坐山望海的石屋》），生活的暴风雨中，诗人在心中安放一座永恒的理想家园。

自古以来，风花雪月最后都让位于柴米油盐，多少才子佳人被生活收编。来杭后，运涛急速面临着职业选择和建立家庭的难题。"一匹断腿的角马，也许在它奔跑的时候/狮群就紧紧地盯住了它。"（《断腿的角马》）湖面的秋风宣告这世界叙述模式的转变。天黑之前，腰肌劳损的齿轮更进一步，提前抵达中年的预定位置。这些生活的绊脚石也时不时地在他的诗歌里冒出头角来。

"我一整天在家洗衣、做饭/看书，写横七竖八的字/它从不向我扑来，也从不对我咆哮/可纵然如此，我依然能感到/它那如火的威胁，一浪又一浪地滚来/——每当我提起笔的时候"（《威胁》），面对日常性和庸常性的侵蚀，诗歌何为，诗人何为？多少优秀的诗人在艰难地解决一个个生活的难题里，才华和心气被消耗殆尽。这几年，运涛和我一样，活在一个巨大的染缸和磁场里，写诗，谋生，不断修改和调整自己，将诗歌的火把藏在内心的湖底。

对生活而言，他说"有一场暴风雪在途中等着我们/在我们收拾行李的时候/它便早已抵达我们所要经过的路途"（《有一场暴风雪在途中等着我们》），似乎他早就预知到这场风暴的到来。"像一头健硕的狮子，/静静地卧在那里/凌乱的鬃毛，是风雪中抖擞的枝叶/锋利的牙齿，比月黑之夜的/号叫声还要令人毛骨悚然"，对于生活这个庞然大物，年轻的诗人如何给予致命一击？

森林诉

一听到阶前的滴水之声、厨房里

锅碗瓢盆的叮当之声。那片森林就疯狂地落叶

一想到明天的公交路线、父母的病情

才买的那束玫瑰花、倒春寒的坏天气

那片森林又摇落了一片碧翠

时间是群狡黠的狐狸。给我以茂盛的大叶榕，顽强的

白杨，却又在须臾间换以松针、几簇灌木
北风也伺机送来了凛冽
是流水运来了石头
是石头教会我踮起脚尖，在一片萧瑟中
怀揣鲫鱼行走。生怕带来一阵风
那片森林，又凋落一大片

日常性是对诗人的一种磨损、扼杀，还是一种历练和成全？他的这首诗是对自己某个阶段生活的真实写照，面对"倒春寒的天气"，"那片森林又摇落了一片碧翠"。我在《中年抒怀和湖山闲话》一文里写道："敖运涛头戴安全帽加速油门，冲向杭州城西的一条条大道。"作为和我一样的"外省青年"，来杭后的诗人谋职、买房、成家，经历了一场场生活的暴风雪，他只能"小心翼翼地从它身旁走过/像几只小小仓鼠，手提着风铃"。

在这首《如注》里，运涛真实地面对了自己：

而我终究不是心怀雷霆之人
将汪洋恣肆的才情倾泻
在广博的大地之上，让万千顷树木
摇着身子为之呼喊，明晃晃的才华像一颗颗
珍珠降落人间，噼啪作响，让河流
冲刷出一条条汹涌的警句，涤荡
尘世，纵横江野，而我终究
选择与阳台为伴，看一场繁华散尽
又一场繁华登场，当内心的乌云像夜色一样降临

闪电抢起几千万伏的白色拳头

我选择在暴风雨中奔跑，让雨滴将我反复清洗

我选择做第一个迎接自己的人

送上毛巾，吹风机，以及换洗的衣物

而我终究会将自己烘干，焚烧，与一场倾盆

分庭抗礼，神明啊，原谅我的才思枯竭

这么多年的呼风唤雨，只祈求一滴

滴在缥缈的白纸之上

"神明啊，原谅我的才思枯竭"，他在这首诗里进行自我心灵的剖析和叩问。城市身份游离造成的精神焦虑与神圣纯洁诗歌美学之间，产生了强大的冲突感，他多年的经验仿佛失效了，年轻的诗人必须尽快重新建立起自己生活与写作的美学系统。所幸还有诗歌和兄弟相伴，在江南的湖山和城市之间游走，用诗歌交出了这一代人"进城赶考"的成绩单。

2019 年我邀请运涛加入《新湖畔诗选》编委。在杭州这座文脉源远流长的城市，我们在生活和写作之间不断地切换频道，小心翼翼地处理现实中的骚动和诗歌里的壮丽；寄身湖山之间，汲取天地正气，在寒冷的夜晚，我们抱团取暖，交换彼此的空旷和孤独。20 世纪八九十年代同人诗集的传统仍在延续，这其中包含着现实出版环境的严峻、诗歌气象的式微以及同人情义的诸多元素。这一条诗歌的小舟集聚了这些性情之人，在这一片绮丽的文化江南，虽不能乘风破浪直击沧海，但也足以把酒吟啸搅动这湖山的气流了。

于新湖畔的这群诗人而言，昨日爱诗如命的翩翩少年已然中

年大叔臃肿之态，成为生活层峦叠嶂中的夹心饼干，但依然没有熄灭的是内心燃烧的诗歌火把，以及那句"永远年轻，永远热泪盈眶"的青春誓言。我和运涛应该都是那种梦想"仗剑走天涯"的人，渴望成为他笔下"口吐灼人的目光"的名器！

在这首《致岁月》里，运涛似乎完成了与生活的和解，他终于允许"一条气势汹汹的河流"穿越他而去。

　　终于，我有足够的勇气宣你觐见
　　我说让你候旨，你就双手低垂，跪在门外
　　我说让你进来，你就起身，步履要比溪流更加潺潺
　　我说让你听着，你就锁上你的大嘴，像电线杆一样支起你的
耳朵
　　我说，行咯，原谅你了，你就像断了骨骼的伞一样，松软
　　像六月的向日葵一样，绽开脸颊——
　　然后，和我一起穿过马路，一起喝酒，破口大骂，对着天空
撒尿
　　然后，坐在一头狮子的脊背上
　　看一条气势汹汹的河流穿过我们的时候，也穿过夕阳

诗人陈先发说："诗，本质上只是对'我在这里'这四个字的展开、追索而已。"古往今来多少作家试图用肉体凡胎推动西西弗斯的石头，用一支笔撬开写作和生活的嘴巴，从那些幽深的黑暗源泉中寻找栖居的家园和存在的意义。写作终究是为了解决个人存在的问题，是一次伟大的自我完成和自我救赎。诗人王家新在《夜莺在它自己的时代》写道："诗歌是一种吸收、容纳、

转化的艺术。而在今天，诗歌的'胃口'还必须更为强大，它不仅能够消化辛普森所说的'煤鞋子、铀、月亮和诗'，而且还必须消化'红旗下的蛋'，后殖民语境以及此起彼伏的房地产公司！"新世纪的第三个十年马上到来，在新诗百年的历史分水岭节点，今天诗人的"胃口"似乎还要大得多，而且牙齿要足够坚硬，吃螺丝钉、啃硬骨头，必须能吞得下这些五光十色的雾霾和噪声。

"在这里，我被生活打掉牙的牙床又长出新牙"（《是水，是水》）。正如运涛所写，"是鹰叼着华山在飞"，"终于，安放在我们心头：一方壁立千仞的悬崖"，"逼迫着我们：是跌崖就死，还是绝地展翅？"（《登华山记》），"你一定想挣脱如今安逸的生活"，"从现实主义奔赴理想园地的奔跑"（《落枕志》）。历经千山，看尽繁花，昨日的白衣少年已然可以笑看风云。此刻，运涛是生活里的硬汉，诗歌里的侠客。

一万匹骏马在汹涌的河流之上飞奔
蹄声回落，珍珠迸溅，将我们的肉体踩踏
踩躏，又在黄昏时分，引颈回视；是谁
令我们几言放弃时，又心潮澎湃跃跃欲试？
——《惊蛰之诗》

一位诗人说过，诗歌对大多数人都不是地狱，但只对少数人来说是天堂。写作是一种宿命，是一生的"不朽的盛事"。运涛发问："是谁令我们几言放弃时，又心潮澎湃跃跃欲试？"诗歌之光指引我们穿越命运的阴霾。我想他已经找到了答案。我曾在诗歌里写道"三十岁的牙齿要比二十岁更加锋锐/敢于吃螺丝钉/啃硬骨头"，1991年出生的运涛兄弟，也要三十而立了，祝福他的诗歌可以武装到牙齿，"在河里闪着银子的光"；希望他的"名器"继续锋锐无比、寒光逼人，多年之后依然"口吐灼人的目光"。

由于时间关系，很遗憾我没能将这本诗集全部细致读完，很多优秀的诗歌未能进入评论的视野，像江豚一样沉没在水底。《缚纸飞行》这个诗集的名字特别好，试问哪一个诗人不是词语的搬运工和纸上的流浪者呢？这也是运涛的一种诗学追求吧。感谢写作，让我们感受到了飞翔的乐趣。

这是运涛人生里正式出版的第一本诗集，自然显得格外珍贵，我能够匆忙写上潦草几笔忝列其中，也是兄弟情义，实属幸运。回想往昔峥嵘岁月，我们曾吞噬文字为生，渴望缚纸飞行，而如今我已离开江南远赴新疆；江湖路远，山高水长，但愿诗歌如天山的雪水般联结我们的心灵和气息，永不断流。

2020年12月15日 写于塔克拉玛干沙漠边缘上的城市新疆阿拉尔。

作者简介：卢山，1987年生于安徽宿州，文学硕士，浙江省作协全委会委员。出版诗集《三十岁》《湖山的礼物》，著有评论集《我们时代的诗青年》，主编（合作）《野火诗丛》《新湖畔诗选》《江南风度：21世纪杭嘉湖诗选》等。2020年从杭州远赴新疆，现居塔克拉玛干沙漠边缘上的城市兵团第一师阿拉尔市。

与时间搏斗
——读敖运涛诗集《缚纸飞行》
李　壮

　　不出预料，我在敖运涛的诗集《缚纸飞行》中找到了这样一首诗，诗的名字叫《昔日之歌》，副标题是"给 2013 中国·星星大学生诗歌夏令营的营员"：

　　时光在最美妙的时候
　　为我们添上双翼，让我们飞在秋天与三叶草
　　的山径。风是飞扬的，紫色的
　　海还在远方。我们顺着大山的胳膊
　　一路小跑，在每一个山头
　　放出一只雄鹰，或者一只灰雀
　　云是轻松的，洁白的
　　海还在远方。我们在五月的
　　稻田，描述绿色的童话。枫叶替我们
　　泛出羞赧。我们
　　在每一个夜晚步行
　　梦想着灯光，星星于我们头顶闪现

我们在蒲公英的指引下

收紧身子，抵达一条河流

水是澄清的，流动的，海还在远方

我们拾捡贝壳，和水草对话

一条河流从我们体内静静流淌

我们能摸到的小白鱼

是欢愉的，内敛的，我们在歌声中行走

一条河流从我们体内

静静流淌……多少年后，当我们重温起

这段时光，哦，青春——

是美妙的，易逝的，海还在远方

　　诗中一再出现的"我们"，是包含了我在内的。那正是我与敖运涛最初相识的日子。2013 年，尚在读书的我们，入选了《星星》诗刊举办的大学生诗歌夏令营。时值暑假，我们一群校园诗人在成都和自贡共同度过了大约一周时光，白天谈诗并且写诗，夜晚大喝并且大吃。年轻人的聚会总是充满了故事，而我和敖运涛之间的故事又分外特别，因为我们当时被安排同住一屋，大谈大写大吃大喝之外，还多了一项"大睡"，日复一日"呼噜之声相闻"，也算是一种少见的亲密了。敖运涛学医，得了个外号叫"老中医"。而他的形象气质与这外号是般配的：身形精瘦、皮肤黝黑，酷似那些晒干炮制好的中药药材；两只眼睛又大得出奇，一闪一闪光芒奕奕，时时闪烁着那种武侠小说里常见的、服用上古神方后冯虚御风般的神采。当年，这位"冯虚御风"的少年，每日与我在宾馆房间里坐而论道，我们的想法和观点稚嫩、青涩，然而真诚、干净——正如前面那首写于 2013 年当年的诗本身一样。

那时，环绕着我们的是歌声、是身内身外想象的或实在的河流。我们"在每一个夜晚步行"，"梦想着灯光，星星于我们头顶闪现"，相信我们的一生将会、并且从来就该一直这样走下去和梦想下去。

一转眼，真的已经到了"多少年后，当我们重温起这段时光"的时候了。八年过去，不时在网上读到敖运涛的诗，知道他并没有丢下曾经的手艺和爱，却一直没有机会再次见面。当然，是否见面也许并不重要，对诗人而言，作品才是对岁月和自我的更加真实的记录。此刻，当我面对着运涛新诗集的书稿，我能够辨认出许多似曾相识的心绪和场景；同时，我也能真切地感受到，他——或者说，我们——面对和思索世界的方式，又是怎样随着经验的累积、身份的转换，而发生了悄然却深刻的变化。

例如，我注意到了一个动作，"誊写"。八年前，我对敖运涛最深刻的印象就来自誊写：第一天晚上入住宾馆，敖运涛就向我展示了他随身携带的笔记本，上面整齐地誊写着无数首诗歌——不是他自己的，而是他所喜欢的、文学史上的经典诗作。我没有做过这样的事情，一方面是懒，另一方面是害怕这类凝固的仪式化物件——我总担心有一天，我会发现我抄写过的某些作品，其实并不值得我这样抄写。而运涛似乎没有那么多的杂念，他始终是认真的、是诚恳的，只要是他认定值得记下的，他就要工工整整地誊写到本子上。在《缚纸飞行》中，我又看到了这种"誊写"。只不过，如今的敖运涛誊写的对象，已经不再是诗歌，而变成了真实的名字、真实的人：

记下他们的名字

……

由于工作原因，有一段时间

我几乎天天和肿瘤患者打交道

这些就是我工作本上所记下的一部分患者名字

他们中最大的已经八十九岁高龄了

最小的才十四岁，还有一位和我同龄

——肾癌，晚期

癌细胞已全身扩散，我见到他时

他已站不起来了，躺在床上

他婶婶见我第一句话就是："我们家族

弟兄五个，就这一根独苗呀……"

小吕，1981 年生，潮州三饶人，父母务农

弟弟精神病患者；她怀孕期间

就检查出纤维组织肉瘤，为了胎儿健康发育拒绝吃药

后病情加重，在手术台上捡回了条命

好在孩子保住了，接着是长达四年的手术化疗

化疗手术，昂贵的医疗费迫使她不得不每天跛着腿（化疗引起的严重手足皮肤症）替人打短工，择菜，洗碗，扫地……

每天从不间断，大冬天更是如此

她老公不愿出医药费不要她了

她七十多岁的老父亲每天还在工地搬砖……我最后一次见她的时候

她戴着一顶棕色毛线帽（毛发已全部脱落）

面目枯黄，老态尽显，对我说

小教，为了我的孩子，我也要坚持下去……

……他们来自普通的家庭，像世界上

所有的家庭一样，本可以幸福地生活，无奈恶魔找到了

他们，他们辗转于各个大城市各个医院

花掉了所有积蓄，甚至负债累累，然后回到家乡

像一棵棵才长出来的豆芽

怎么努力也找不到可汲取养分的土壤

像一只只飞累的鸟，终于返回了巢穴

我不敢与他们对视，我只得用接近流水的文字

将他们的名字小心翼翼地誊写在纸上

在纸上，他们的名字会不会也终究难逃失色的一天？

——像他们这样一群平凡如草芥的人！

——像他们这样一群命贱如土的人！

——像他们这样一群如我辈的人！

　　不再是当年那些闪光的诗句——多年之后，敲开了敖运涛笔记本的，是人世间那些真实而平凡的苦痛悲哀。我可以用很多种方式来谈论这首诗，可以谈诗歌里叙事性和抒情性的融合，可以谈对痛感经验的节制表达，可以谈诗歌如何处理现实题材……但我此刻更想说的，其实是我们这一代青年诗人共同经历的成长：从二十岁到三十岁，从校园诗人到社会齿轮，我们的写作，大都拥有了更深厚的经验积淀和更开阔的精神面向。这是当初的精神化个体同坚硬庞大的社会现实经验碰撞、融合的产物。在这个过程中，我们无疑都变得更加复杂，无疑会折损掉内心许多透明

的、飞翔的部分，但敫运涛的认真和诚恳，始终是如一的——并且，获得了更加深沉、坚实的现实感。

当然，这种转换过程之中，也有痛苦纠结的部分。在这部诗集里，我们可以看到对同一事物的不同表达，例如饮酒。当年的醉酒是一件充满诗性的精神事件："百代过客啊，他终于放出藏匿心胸多年的苍狼/到梧桐树下，垂泪到天明"（《第三次醉酒》）。而在多年之后的诗作中，醉酒一事被结结实实地安装在了十足现实主义的坐标之中：

> 我吃下的时候
> 欢声笑语，春风拂面；当我消化、反刍
> 就有无尽的苦水，像扎破了胆器，一汪汪
> 涌出——这些年，我不断地练习酒量
> 练习嘴角上扬，与骡马打成一片
> 练习憋吐之功：牛奶、达喜、水飞蓟……往往无功
> 而返
> ——《醉酒书》

"饮酒"变成了"应酬"，酒量变成了一种需要练习的资本或技能。同样都是醉酒，两相比照，此中况味自然已远远超出了醉酒本身。最终，"那不可一世的微醺……在不断审视反思中，逐渐清瘦"（《竹篾簸箕上的花菇》）。我想这是敫运涛这本诗集醒目且诱人的一点：它同时包容了少年人的梦幻和成年人的艰辛，并且通过一系列似曾相识的场景、思绪、装置、词语，把它们串联成了隐秘的线索。在此意义上，这部诗集的确是敫运涛十年如

一日徒手"誊写"的产物——依然是那么认真、依然是那么诚恳，那只手真实地誊下了诗人身份转换的心路历程、经验更迭的失重和再平衡、精神主体与外部世界的对话和擦碰……换言之，是一部小小的（却不乏代表性的）精神史。

穿起这部精神史的，还有敖运涛所钟爱的意象谱系。如果把开头那首《昔日之歌》看作对自己（以及自己的诗歌同路人）的告白，我们会发现，"海"与"河"的意象在敖运涛的诗歌世界中拥有颇为特殊的地位。这类流动液体的汇集形式、自由与限度的综合体，在很多时候扮演着诗人心灵获得安放的道具，"一睡/就是一个世纪。醒来，看见年轻的母亲在河边/汲水"（《乡村枕头》）。在另一些时候，它隐喻着主体与无情流逝着的岁月间的和解，"看一条气势汹汹的河流穿过我们的时候，也穿过夕阳"（《致岁月》）"也许一言不发、顺着亘古不变的河道/流着，流着——/才是上帝的旨意"（《我们终将回到低处的生活》）。它象征着某种无限性的可能，"我要在它的内部构建一个略大于真实的世界/当里面海浪滔滔，新叶飞上了枝头/人们从它的身旁走过，却什么也不知晓"（《我习惯在悄无声息中成长》）。甚至，它的隐喻关乎诗歌表达自身："捉不住的词/是河豚——在河里闪着银子的光"（《宿命》）。一种真切的、被规训的流动奔涌，同时也是与规训的对视、相处；海与河流的意象，由此成为敖运涛诗歌中连通内在外在双重世界的转换跳板、勾连起了象征的时间（生命）与真实具体的时间（生命）。

如果说水的流动是紧贴大地的平移，那么敖运涛同样还热爱那些以天空为坐标、垂直升降的意象。例如炮仗，"他们手里捏着冲破天穹的惊喜/灯光只能撑亮有限的地方"（《冲天炮》）。

还有飞鸟，"我饮尽那片鸟鸣，/仿佛饮尽那欢跳在树杈间的露珠/抖落的毛羽，以及那长长的坚硬的喙"（《清晨，路过一片树林》）。"后来，一只白鹭飞走。它叫来的雨，洗劫了这里"（《犁铧》）。包括阳光，"你仰面/迎接喷薄而出的阳光　仿佛扬鞭奋蹄的是你"（《清晨的阳光疾驰在我的脸庞之上》）。我想，在敖运涛的诗歌世界中，高处与低处、起飞与降落的隐喻，其重要性丝毫不亚于岁月之河的流逝穿行；或者说，二者原本是合一的："岁月终将在我们身上裹以冷漠、防备/我们终将从一只蝉的飞行中，回到蝉蜕/从树干上回到湿润的土地，回到/一棵青菜、一粒盐，回到炊烟"（《我们终将回到低处的生活》）。天马行空的渴望与地心引力的召唤，在岁月的外力作用下，形成了隐秘却重大的张力关系。这种张力在敖运涛的这本诗集中不止一次地彰显在我们面前。

事实上，这并非敖运涛独有的张力。与时间的搏斗、对个体精神世界的探寻，固然是敖运涛诗歌最主要的主题，但它们同时也是诗歌漫长历史中被一再探寻和处理的主题。敖运涛所做的，只不过是以独有的声音和想象力，引领自己——还有这些诗歌的读者们——再一次靠近这注定被探寻无数次的主题。这算不上什么很大的事情，然而却是不可被替代的事情，就像我们每个人自身的存在一样。这是诗的宿命，也是诗的天职。我们在大河的闪光和天空的投影中执拗地寻找那些不可言说之物的踪迹，并试图从尘世经验的小小碎片之中，捕捉到它们沉默的回声：

　　终其一生，你都注定要背负它的声旁

　　寻找——

它的形旁

——《宿命》

作者简介：李壮，青年评论家、青年诗人。1989年12月出生于山东青岛，现居北京，供职于中国作家协会创作研究部。有文学评论及诗歌发表于《中国现代文学研究丛刊》《当代作家评论》《南方文坛》《上海文学》《人民日报》《文艺报》《人民文学》《诗刊》《星星》《扬子江诗刊》等刊物，作品入选多种选本并被《新华文摘》全文转载。曾获《诗刊》陈子昂诗歌奖2018年度青年理论家奖、"新时代诗论奖"、第十一届丁玲文学奖、第五届长征文艺奖文学评论奖等。出版诗集《午夜站台》、评论集《亡魂的深情》。